飛猿彦次人情噺

恋女房

鳥羽 亮

幻冬舎時代小説文庫

飛猿彦次人情噺

恋女房

目次

第一章　盗賊

1

「おまえさん、お代わりは」

　おゆきが、彦次(ひこじ)に訊(き)いた。座敷には、彦次、女房のおゆき、それに独り娘のおきくがいた。三人は、箱膳(はこぜん)を前にして朝めしを食べていたのだ。そこは、長屋の一間しかない四畳半の部屋である。

「もう一杯(いっぺえ)、もらうかな」

　彦次は茶碗をおゆきに手渡した。

　おゆきは、釜敷(かましき)に置いてあった釜からまだ湯気の立つめしを茶碗によそった。おゆきは、二十四歳。彦次といっしょになって、長屋に住むようになったのは六年前である。

　彦次はおゆきから茶碗を受け取ると、旨そうに食べ始めた。彦次は、二十六歳。仕事は屋根葺きだった。

　彦次は日焼けした浅黒い顔をしていたが、面長で鼻筋がとおっていた。なかなかの男前である。

「あたしも、お代わり」

　おきくが茶碗を差し出した。

「おきくも、お代わりなの」

　おゆきは、茶碗を受け取りながら、「食べ過ぎないのよ」と笑みを浮かべて言った。おきくは、五歳。芥子坊を銀杏髷にし、前髪を結っている。まだ、子供らしい髪形である。

　三人がいるのは深川伊勢崎町にある棟割長屋、庄兵衛店である。伊勢崎町は仙台堀沿いに広がっており、庄兵衛店は、仙台堀から路地を一町ほど入ったところにあった。

　おゆきは、彦次といっしょになる前、仙台堀沿いにあった一膳めし屋の娘だった。彦次は独り暮らしをしていたころ、一膳めし屋に立ち寄って飲み食いすることが多かった。そうしたおり、店の手伝いをしていたおゆきと恋仲になり、いっしょになったのである。

「今日の仕事場は、遠いんですか」

おゆきが、彦次に訊いた。

「いや、近い。佐賀町だ」

彦次は、茶碗を手にしたまま言った。

深川佐賀町は、大川端沿いにつづいていた。深川では、大きな町である。彦次は、仕事場が佐賀町のどの辺りか、口にしなかった。屋根葺きの仕事場が変わることが多かったからだ。それに、彦次には、仕事場を口にできない理由があった。彦次は仕事場には行かず、他の場所に出かけることが多かったのだ。

屋根葺きは、屋根に柿板を打ち付ける仕事である。釘ではなく、木釘を使う。柿板は檜や槙などの薄板のことで、雨を凌ぐために使われる。

彦次がめしを食い終え、おゆきが淹れてくれた茶を飲んでいると、戸口に近寄ってくる下駄の音がした。

下駄の音は、腰高障子の向こうでとまり、

「おゆきさん、いるの」

と、おしげの声がした。

おしげも庄兵衛店の住人で、彦次の家の斜向かいに住んでいる。亭主は権助という左官だった。仙太という五つになる子供がいる。

「いますよ」

おゆきが声をかけると、すぐに腰高障子があいた。

姿を見せたおしげは、すぐに座敷に目をやった。おしげは三十代半ば、丸顔ででっぷり太っていた。目が細く、大きな口をしていた。人はいいが、お喋りで噂話が好きである。

「あら、旦那はまだいたの」

おしげが、彦次を見て言った。

「これから、仕事に出るところだ」

彦次はそう言って立ち上がると、座敷の隅に掛けてあった黒の腰切半纏を手にした。これから、仕事場にむかおうと思ったのだ。

腰切半纏に黒股引が、仕事で出かけるときの身支度である。

おしげは、上がり框に腰を下ろし、

「旦那は、盗人のこと、聞いてる」

と、彦次に訊いた。太った体を捩るようにして、彦次を見上げている。

「なんだ、盗人のこととは」

彦次は足をとめた。

「佐賀町の富沢屋に盗人が入ったそうだよ」

「富沢屋というと、魚油問屋か」

すぐに、彦次が訊いた。

深川佐賀町の大川端沿いの通りに、魚油問屋の富沢屋という店があった。魚油問屋は乾鰯、搾滓、魚油などを扱っている。富沢屋は、深川では名の知れた大店である。

「そうらしいよ。うちの旦那は、仕事場に行く前に富沢屋に寄ってみると言って、いつもより早く長屋を出たんだよ」

おしげが、彦次を見上げて言った。

おゆきとおきくは、上がり框の近くに来て腰を下ろし、おしげと彦次のやり取りを聞いている。

「おれも、行ってみるかな」

彦次が気のない声で言った。

「早く行った方がいいよ。長吉さんも行ったらしいから」

長吉も長屋の住人で、手間賃稼ぎの大工だった。仕事がないときは、家でごろごろしている。

彦次は土間に下りると、あいたままになっていた腰高障子から外に出た。すぐに、おゆきとおきくも出てきた。いつも戸口まで出て、彦次を見送ってくれるのだ。おゆきたちにつづいて、おしげも戸口に出てきた。おゆきたちといっしょに、彦次に目をやっている。

彦次は長屋の路地木戸のところまで来ると、

……富沢屋に盗みに入ったのは、だれかな。

胸の内で、つぶやいた。彦次の顔付きが変わっていた。顔が引き締まり、双眸が鋭いひかりを宿している。

彦次が路地木戸を出たとき、表の通りから歩いてきた庄助と顔を合わせた。庄助は初老だった。居職で、檜物師である。曲師とも呼ばれている。長屋の自分の家で檜を薄く削り、火に炙って丸形に曲げて、柄杓や筒状の小箱などを作っていた。

「彦次、盗人のことを聞いてるかい」

庄助が言った。

「富沢屋に入った盗人のことか」

「そうよ。盗人は富沢屋の内蔵を破って、大金を奪ったようだぞ。それにな、番頭を殺したらしい」

「なに、金を盗んだだけじゃァねえのか」

彦次の声が大きくなった。

「殺しまでやるとはな」

彦次は、無性に腹が立った。殺しまでやる盗人が、許せなかったのである。

「まァ、長屋に押し入る盗人はいねえから、安心だがな」

庄助は薄笑いを浮かべて、路地木戸をくぐった。

2

彦次は仙台堀沿いの通りに出ると、西にむかって歩き、大川端に出た。そして、仙台堀にかかる上ノ橋を渡って佐賀町に入った。佐賀町は、大川端沿いに永代橋の先までつづいている。

彦次は佐賀町に出てしばらく歩くと、漁師らしい家の脇の路地に入った。そこは、寂しい路地で、人家はあまりなく、空き地や笹藪などが目についた。

彦次は路地沿いの朽ちかけた小屋の前で足をとめた。その小屋には漁師の魚具や竹竿、木箱などがしまってあったらしいが、いまは使えなくなった魚具や壊れた木箱などが積んであり、埃を被っていた。出入口の戸は、朽ちて板が剝がれ落ちている。長年放置されたままらしく、持ち主も知れなかった。

彦次は左右に目をやり、近くに人がいないのを確かめてから小屋に入った。そして、積んであった木箱のなかから、古い小袖や帯を取り出し、着ていた腰切半纏と黒股引を脱いで着替えた。そして、手ぬぐいで頰っかむりした。屋根葺きには見えない。変装したのである。

彦次はおゆきとおきくにも、ここに変装するための衣類や小物が隠してあることを話さなかった。秘密の場所である。

彦次は大川端の通りにもどると、川下にむかって歩いた。しばらく歩くと、永代橋が間近になってきた。橋を行き来するひとの姿が、胡麻粒のようにちいさく見える。

一町ほど先に、富沢屋があった。路地沿いに二階建ての土蔵造りの店と、乾鰯や魚油などを一時保管しておくための二棟の倉が見えた。

店の前に、人だかりができていた。通行人が多いようだが、岡っ引きや下っ引き、それに八丁堀同心の姿もあった。八丁堀同心は、小袖を着流し羽織の裾を帯に挟む、巻き羽織と呼ばれる独特の恰好をしているので、遠目にもそれと知れる。

彦次は人だかりに近付くと、人の陰に身を隠すようにして聞き耳をたてていた。こうした場所では下手に聞きまわるより、野次馬や岡っ引きたちの話に耳をかたむけていた方が、事件の様子がはっきりしてくるのだ。

彦次は、人だかりの話から、殺された番頭の名は繁蔵で、帳場で殺されていることを知った。番頭は寝間着姿で殺されていたことから、盗賊が番頭を寝間から連れ出して殺したことも分かった。

……盗人たちは、番頭に蔵の鍵を出させたにちげえねえ。

と、彦次は思った。

さらに、番頭は一太刀で斬られていたことから、盗賊のなかに武士がいたことも推測できた。

また、その場にいた男たちの会話で、店の内蔵が破られ、千両箱が奪われたことも分かった。

さらに、彦次は話をしている岡っ引きや八丁堀同心にそれとなく近付き、盗み聴きをつづけた。

彦次は、増造という岡っ引きがそばにいた別の岡っ引きに、「長次郎、盗人が、店に入った手口を聞いたかい」と話しかけたのを耳にし、増造に近付いた。そばにいた岡っ引きは、長次郎という名のようだ。

「知らねえ」

長次郎が言った。

「店の脇に建て看板があるな。あれによじ登って、一階の屋根に飛び移ったらしい。屋根から、二階の雨戸を外してなかに入ったのよ」

「おい、店に入ったのは、飛猿か」

長次郎が、驚いたような顔をした。

「飛猿に間違えねえ」

「だがよ。盗人は何人もいたと聞いたぞ。飛猿は独り働きじゃァねえのかい」

長次郎は、納得できないような顔をした。

「飛猿が、盗人仲間を集めて富沢屋へ押し入っても不思議はねえ。富沢屋は大店だし、内蔵には大金がしまってあったはずだからな」

「何人もで山分けしても、大金が手に入るってことかい」

「そうよ」

増造が、尤もらしい顔をして言った。

「それで、宝船の絵は置いてあったのかい」

彦次が訊いた。

飛猿は、盗みに入った店に縁起物の宝船の絵を置いてくるのだ。宝船の絵には七福神が描かれ、木版画で刷られていた。正月に宝船売りが売り歩いたものである。

飛猿は盗みに入った店から三十両までしか奪わず、その店に福が来るようにとの思いを込めて、宝船の絵を置いてきたのだ。そのため、飛猿に入られた店は、飛猿を恨むようなことはなく、店のなかには、あるじが宝船の絵を神棚に置いて、大事に保存するようなことさえあった。

「そんなものはねえ」

増造が、吐き捨てるように言った。

彦次は、増造と長次郎から離れ、

……飛猿じゃァねえ！

と、胸の内で叫んだ。

彦次は、さらに岡っ引きや八丁堀同心などにそれとなく近付いて話を聞いた。その結果、だいぶ様子が知れてきた。

盗賊は五人で、ひとりが二階の屋根から忍び込み、表の戸口にまわって閉めてあった大戸をあけ、四人の仲間を店内に入れたらしい。

その後、一味は番頭部屋で寝ていた番頭を起こして帳場に連れてきた。そして、番頭に内蔵の鍵を出させてあけ、千両箱をふたつ奪ったようだ。ふたつの千両箱に入っていた小判を合計すると、千二百両ほどになるという。

それから、頭目らしい男は大柄で、目がギョロリとしていたことも知れた。また、子分たちをイチ、ゲン、などと呼んでいたそうだ。どこかで耳にした者がいても、名が知れないようにしたらしい。

……駒形の甚蔵かもしれねえ。

と、彦次は思った。

甚蔵は、盗人仲間では名の知れた盗賊の頭目だった。甚蔵は、子分たちのことが知れないように、イチ、ゲン、などと呼んでいたのだ。

また、駒形の甚蔵と呼ばれたのは、甚蔵が浅草の駒形堂の近くで、生まれ育ったからである。むろん、いまは浅草から離れている。

また、彦次は八丁堀同心のひとりが、

「飛猿ではない」

と、口にしたのを聞いた。

その同心は島崎源之助という名で、北町奉行所の定廻り同心らしかった。島崎は、飛猿は独り働きの盗人で、これまで、仲間といっしょに盗みに入ったことはない、と他の同心に話していたのだ。

……島崎の旦那の言うとおり、飛猿じゃァねえよ。

彦次が胸の内で言った。

それから、彦次は半刻(はんとき)(一時間)ほど、八丁堀同心や岡っ引きたちの話を聞いたが、新たなことは知れなかった。

彦次は富沢屋から離れると、来た道を引き返し、着物を置いてきた小屋に戻って着替えた。

彦次は、このまま庄兵衛店に帰ろうと思ったが、まだ昼を過ぎたばかりだったので、おゆきやおきくが驚くだろうと思い、深川熊井町(くまいまち)にむかった。熊井町は永代橋(と)の南、大川端沿いにひろがる町である。その熊井町に、甚蔵のことを知っている利根吉(ねきち)という男が、飲み屋をやっていた。その店に寄って、甚蔵のことを訊いてみようと思ったのだ。

3

彦次は熊井町まで足を伸ばし、利根吉の店の前まで行ったが、店はしまっていた。彦次は出直すことにし、熊井町をふらついて時間をつぶしてから、おゆきとおきくの待つ庄兵衛店に帰ることにした。

「出かけるぞ」

彦次は、いつものように仕事に出かける恰好で腰高障子をあけた。

今日も晴天で、青空がひろがっている。長屋のあちこちから、亭主や女子供の声が聞こえてきた。長屋の亭主たちが、仕事に出かけるころである。

「おとっつァん、今日も早く帰ってくる」

おきくが、彦次に訊いた。

彦次が、戸口に立っているおきくとおゆきに目をやり、

「夕めしまでには、帰ってくるからな」

と、言い残し、路地木戸にむかった。

彦次は仕事場には足をむけなかった。昨日と同じ、佐賀町にある小屋に立ち寄って、着替えると、深川熊井町にむかった。利根吉に話を訊いてみようと思ったのだが、店がしまっていたことも気になったのだ。

利根吉は盗人で、甚蔵の子分だった男である。ところが、歳(とし)を取って体が自由に動かなくなったために足を洗った。そして、熊井町で飲み屋を始めたのだ。飲み屋には、盗人仲間だった男も顔を出すことがあり、利根吉は盗人たちのことに詳しか

った。それで、彦次は甚蔵のことを訊いてみようと思ったのだ。

飲み屋の店先に、縄暖簾は出ていなかった。表戸はしまっている。

……まだ、早いかな。

彦次は、上空に目をやった。

陽はだいぶ高くなっていた。四ツ（午前十時）ごろではあるまいか。

彦次は、まだ飲み屋をひらくには早いかと思ったが、念のため戸口に近付いて板戸をあけてみようと思った。

戸は重い音をたててあいた。店のなかは、薄暗かった。土間に飯台が置かれ、そのまわりに腰掛け代わりの空き樽が並べられていた。ひっそりとして、人影はなかった。物音もしない。

「とっつァん、いねえのかい」

彦次が声をかけた。

だが、返事はもとより、何の物音もしなかった。

……妙だな。

と、彦次は思った。店をひらくのは早いとしても、だれかいてもいいはずだ。

彦次は店の奥が板場になっているのを知っていたので、板戸をあけてみた。板場は薄暗かった。人影はない。

そのとき、彦次は流し場の前の土間に横たわっている人影を目にした。

思わず、彦次は声を上げた。

「とっつァんだ！」

土間に仰向けに倒れていたのは、利根吉だった。利根吉は両眼を見開き、口をあんぐりあけたまま死んでいた。刃物で袈裟に斬られたらしく、小袖の肩から脇にかけて斬り裂かれていた。激しい出血だったらしく、土間にも血溜まりができている。

彦次は板場の周囲に目をやった。物色したような痕跡はなかった。

……金目当ての殺しじゃァねえ。

下手人は、利根吉の口を封じるために殺したようだ、と彦次はみた。

彦次は利根吉に女房がいたことを思い出し、板場から出ると、店の奥にある座敷に行ってみた。そこは、利根吉夫婦の居間になっているらしく、長火鉢が置いてあった。その前に、女がひとり俯せに倒れていた。女の周囲の畳が、どす黒く血に染まっている。

……女房まで、手にかけやがった。

彦次は、強い怒りを覚えた。

利根吉夫婦を殺したのはだれか突き止めるために、彦次は座敷や利根吉が殺されていた板場などを探ったが、下手人を突き止める手掛かりになるような物は残されていなかった。ただ、利根吉の傷口を見て、刀か長脇差で斬られたことが分かった。それに、一太刀で仕留めていることから、下手人は腕がたつとみていいようだ。

彦次は飲み屋を出ると、富沢屋まで行ってみた。利根吉夫婦を殺した下手人のことで、何か知れるかもしれない。

店の大戸はしまっていて、人だかりも、なかった。ただ、店の脇の大戸が一枚だけあいていた。店の奉公人たちは、そこから出入りしているらしい。

彦次は念のために近所の店に立ち寄り、岡っ引きを装って事件のことについて訊いてみた。

すでに、岡っ引きや下っ引たちが聞き込みにあたったらしく、話を訊いた者たちはまたかという顔をしたが、彦次を疑う者はいなかった。

彦次は何人かに訊いたが、昨日、富沢屋の前で岡っ引きや八丁堀同心が口にしたことばかりだった。利根吉夫婦のことなど、まったく出てこない。

　ただ、富沢屋の斜向かいにあった下駄屋の親爺（おやじ）が、

「盗人たちが富沢屋さんに入る前の日、天水桶（てんすいおけ）の陰から店に目をやっていた男がいましたよ」

　と、口にした。

「どんな男だ」

　彦次は、盗賊のひとりが、押し入る前日、店の様子を探っていたのではないかとみた。

「腰切半纏に黒股引姿で、左官か屋根葺きのように見えやした」

「その男、様子を見ていた後、どうしたのだ」

「富沢屋さんの前を通り過ぎ、永代橋の方へ行きやした」

「そうか」

　男は、富沢屋の様子を探っていたにちがいない、と彦次は思った。

「すまねえ。仕事の邪魔したな」

　彦次は親爺に声をかけ、店先から離れた。

庄兵衛店に帰ると、おゆきとおきくが彦次の帰りを待っていた。ふたりは座敷にいたが、彦次が腰高障子をあけると、上がり框近くまで出てきて、

「おとっつァん、お帰りなさい」

おきくが彦次の袖を摑んで、嬉しそうな顔をした。

「帰りが遅いので、心配してたんですよ」

おゆきの顔には、ほっとした表情があった。

「すまん、忙しい仕事があってな。帰りが、遅れてしまった」

彦次は、行き先が話せなかったので、そう言っておいた。

「玄沢さんがみえたんだけど、おまえさんがいないので、帰られたんですよ」

おゆきが言った。

後藤玄沢は、長屋に住む牢人だった。還暦に近い年寄りで、独り暮らしである。生業は、研師だった。刀を研いで暮らしをたてている。

「夕めしを食べたら、行ってみよう。……おゆきとおきくも、腹が減ったろう」

「あたし、お腹が空いた」

おきくが、声を上げた。

4

「行ってくる」

彦次はおゆきとおきくに声をかけ、腰高障子をあけた。これから、玄沢の家に行くつもりだった。玄沢の家は、南北に三棟並んでいる庄兵衛店の南側の棟にあった。

戸口から出ると、長屋は淡い夜陰につつまれていた。暮れ六ツ（午後六時）を過ぎて、小半刻（三十分）ほど経(た)つだろうか。長屋の多くの家から明かりが洩(も)れ、あちこちから笑い声、亭主のがなり声、赤子の泣き声などが聞こえてきた。一日のなかで、長屋の最も賑(にぎ)やかなときかもしれない。

玄沢の家の腰高障子にも灯(ひ)の色があった。

「旦那、いやすか」

彦次は腰高障子の前に立って声をかけた。

「彦次か、入ってこい」

腰高障子の向こうで、玄沢の声がした。

彦次が腰高障子をあけると、座敷のなかほどで玄沢があぐらをかいていた。手に湯飲みを持っている。膝先に、貧乏徳利が置いてあった。どうやら、独りで酒を飲んでいたようだ。

玄沢は浅黒い顔で鼻が高く、目が大きかった。身装にあまり構わず、小袖の両襟がひろがり、腹の辺りまで肌が見えていた。髷を結わずに、総髪を垂らしていた。無精髭が伸びている。

「お邪魔しやす」

そう声をかけ、彦次が土間に立つと、

「彦次、飲むか」

玄沢が声をかけた。

「いただきやしょう」

「飲むなら、流し場にある湯飲みを持ってこい」

「お借りしやす」

すぐに、彦次は流し場にあった湯飲みを手にして座敷に上がり、玄沢の脇に腰を下ろした。

「飲め」

玄沢は、貧乏徳利の酒を彦次の手にした湯飲みに注いでくれた。

玄沢の手は研師らしく、指が太く荒れていた。座敷の隅の一角が研ぎ場になっている。床が板張りになっていて、そこに研ぎ桶や何種類もの砥石が置いてあった。それに脇に刀掛けがあり、何本もの刀身が立て掛けてある。刀掛けは横に細い板が渡してあって、そこに刀身を立て掛けるようになっていた。

「あっしは、酒に目がねえんで」

玄沢は彦次が酒を飲み、一息つくのを見てから、

「長屋の男たちが話しているのを耳にしてな、気になっていたのだ」

玄沢が、急に声をひそめた。

「何です」

彦次も声をひそめた。

「富沢屋に押し入った盗賊のことだ。長屋の男たちが、飛猿の仕業かもしれぬ、と口にしていたのだ」

そう言った後、玄沢は彦次を見つめ、

「飛猿なのか」

と、静かだが、強いひびきのある声で訊いた。

「ちがいやす。あっしは、富沢屋に入ってねえ」

すぐに、彦次が言った。

彦次が、飛猿と呼ばれる盗人だったのだ。おゆきもおきくも、長屋の住人たちも知らなかったが、玄沢だけは知っていた。

二年ほど前、彦次は商家に侵入して内蔵を破り、三十両ほどの金を奪った。彦次は忍び込んだ先に、千両、二千両という大金があったとしても、盗むのはせいぜい三十両ほどだった。長屋のつましい暮らしに、大金はいらなかったのだ。それに、彦次は大金を手にしたために、暮らしが乱れ、不幸な末路を迎えた何人もの男のことを知っていた。

商家に侵入したとき、彦次に目をつけていた房造という老齢の岡っ引きに跡を尾けられた。彦次は気付かず、長屋の近くまで屋根葺きの恰好で帰ってきた。

そのとき、たまたま玄沢が通りかかり、酔ったふりをして房造に絡み、彦次を逃がしてくれたのだ。

その後、房造は庄兵衛店に目をつけ、彦次の身辺を探っていたようだが、一月(ひとつき)ほどすると姿を見せなくなった。持病の癪(しゃく)が悪化し、出歩けなくなったらしい。それから、三月(みつき)ほど経って、彦次は房造が亡くなったことを耳にした。

さらに、こんなこともあった。彦次が盗みに入った数日後、ひとりで飲んでいたとき、盗人らしい男に絡まれたことがあった。その男は、飲んだ勢いで彦次のことを「飛猿じゃねえのか」と口にした。

そのとき、近くで飲んでいた玄沢が、盗人らしい男に「わしの弟子に因縁をつける気か」と言って、男を飲み屋から追い出した。

そうした経緯(いきさつ)があって、玄沢は彦次が飛猿と呼ばれる盗人であることを知ったのだ。ただ、玄沢は他人の耳目のあるところでは、彦次が飛猿であることをおくびにも出さなかった。彦次も、ふだんは親しい長屋の住人として玄沢と付き合っている。

「だが、町方が賊を飛猿とみたからには、それなりの訳があろう」

玄沢が訊いた。

「店に入った賊の手口で」

彦次は、富沢屋に押し入った賊のなかの身軽な者が、建て看板をよじ登って、一

階の屋根に飛び移り、二階の雨戸をはずして店内に入ったことを話し、

「あっしも、同じように店に入ることがあるんでさァ」

と、声をひそめて言った。彦次は照れたような顔をしたが、目はちがっていた。射るようなひかりが宿っている。

玄沢はいっとき黙考していたが、

「富沢屋に入った賊は何人か、知っているのか」

と、彦次に目をやって訊いた。

「五人と聞いて」

彦次は、五人のなかに武士がいたらしいことも話した。

「武士もいたのか」

玄沢が驚いたような顔をして訊いた。

「番頭を殺したのは、二本差しのようで」

彦次が、番頭の繁蔵は刀で一太刀に斬り殺されていたことを言い添えた。

「うむ……」

玄沢は厳しい顔をして黙考していたが、

「彦次、その賊のなかに、思い当たる者はいるのか」

と、彦次に目をむけて訊いた。

「いやす。富沢屋に押し入った賊の頭目は、子分たちをイチとかゲンとか、呼んでいたそうでさァ。駒形の甚蔵という盗賊の頭は、子分たちをそんなふうに呼ぶそうで」

「駒形の甚蔵か」

玄沢は、「甚蔵の居所を知っているか」とすぐに訊いた。

「知らねえ」

彦次は、甚蔵が駒形町で生まれ育ったことは知っていたが、盗人になってからの居所は知らなかった。

「彦次、それで、どうするつもりなのだ」

玄沢が訊いた。

「あっしは、甚蔵たちがあっしに見せかけて店に押し入り、人殺しまでしていることが我慢ならねえ」

彦次の声が怒りで震えた。

「おまえの気持ちは、分かるが……。下手に動くと、おまえが町方に捕らえられるぞ」

「分かっていやす」

彦次は肩を落として溜め息をついた。

いっとき、ふたりは虚空に目をむけて黙考していたが、玄沢が顔を上げ、

「彦次、用心して動けよ。わしにできることがあれば、声をかけてくれ。……手を貸す」

と、強いひびきのある声で言った。

「ありがてえ」

彦次は、玄沢に頭を下げた。

5

「おまえさん、水汲み（みずく）に行ってきますね」

そう言って、おゆきは流し場の脇に置いてあった手桶を手にして、戸口から出よ

うとした。

「待ちな」

座敷にいた彦次は、すぐに立ち上がり、

「おれが、汲んでくるぜ。暇を持て余していたところだ」

そう言って、土間へ下りた。

「すまないねえ」

おゆきは、手桶を彦次に渡した。顔に笑みを浮かべている。そうしたふたりのやり取りは、所帯を持った当時と変わりなかった。

七ツ半（午後五時）ごろだった。今日、彦次は海辺大工町にある普請場に行き、屋根葺きを手伝ってきた。そして、長屋にもどり、一休みしていたのだ。

彦次は屋根葺きだったが、親方がいるわけではなかった。仕事に出るときは、知り合いの親方の仕事を手伝うのだ。それに、口入れ屋に頼んで、仕事場を見つけてもらうこともある。

彦次にとって、屋根葺きは隠れ蓑のようなものだった。暮らしに必要な金の多くは、盗みで手にしていた。ただ、彦次には自負があった。他の盗人とはちがって、店の有り金を奪うようなことはせず、しかもその店の商売がうまくいくようにとの思いを込め、宝船の描かれた縁起物を置いてきたのだ。

彦次が井戸端に行くと、おしげとおまさの姿があった。おまさも、彦次と同じ棟に住んでいる。亭主は日傭取り(ひようとり)の竹吉(たけきち)で、子供はふたりいた。

「彦次さん、水汲みかい」

そう言って、おしげはおまさと顔を見合わせた。ふたりとも、何か言いたそうな顔をしている。

「いいねえ、おゆきさんは。亭主が水汲みに来てくれるんだから。うちの亭主なんて、水汲みに来てくれたことなんてないよ」

おしげが言った。

「うちの亭主だって、そうだよ。何の手伝いもしてくれないんだから」

おまさが言い、おしげとふたりで、それぞれの亭主の悪口を言い始めた。

彦次は女たちには構わず、釣瓶(つるべ)で水を汲むと、

「権助も竹吉も、女房子供のために働いてるんじゃァねえのかい」

そう言い残し、ふたりの女房から離れた。

おしげとおまさは話をやめ、釣瓶で水を汲み始めた。働いている亭主のことを思い出したらしい。

彦次は家に帰り、手桶の水を水甕に移すと、

「玄沢さんのところへ行ってくるぜ。夕めしまでには、帰るから」

そう言い残し、戸口から出た。彦次は、おゆきが夕めしの仕度を終えるまで、やることがなかったのだ。

彦次は玄沢の家の戸口まで来ると、腰高障子の前で、

「旦那、いやすか」

と、声をかけた。

「彦次か。いるぞ」

玄沢の声が聞こえた。

彦次が腰高障子をあけて土間へ入ると、玄沢は座敷の研ぎ場にいた。砥石を前に置いて、刀身を研いでいた。

「旦那、また来やす。仕事の邪魔をしちゃァ悪いや」

そう言って、彦次が土間から出ようとすると、

「仕事は、終わりにしようと思っていたところだ」

玄沢は手にした刀身を水で洗い、布で拭いてから刀掛けに刀を立て掛けた。そして、脇に置いてあった手ぬぐいで濡れた手を拭きながら、座敷のなかほどに座り、

「上がってくれ」

と、声をかけた。

彦次は、玄沢の脇に腰を下ろし、

「気になることを、目にしたんでさァ」

と、声をひそめて言った。

「なんだ」

「岡っ引きが、長屋の近くにある八百屋で、店の親爺と話してたんでさァ。あっしのことを探りに来たんじゃァねえかな」

彦次は、長屋に帰る途中、八百屋の店先で岡っ引きが、長屋の方に目をやりながら親爺と話しているのを目にしたのだ。

「そういえば、わしも見たぞ」

玄沢によると、長屋の前の通りを歩いているとき、岡っ引きらしい男が、通りか

かった子供連れの女に話を訊いているのを目にしたという。

「どんな話をしてたか、分かりやすか」

「分からぬ」

「そうですかい」

「彦次、盗賊が富沢屋に押し入った夜、おまえはどこにいた」

玄沢が訊いた。

「長屋にいやした。いつものように、六ツ（午後六時）前に、帰（けえ）ってきやした」

「そのことを、長屋の者は知っているか」

「井戸へ水汲みに行って、長屋の女房たちと顔を合わせやしたから、知っているはずでさァ」

「それなら、安心しろ。その夜、彦次が長屋にいたことが岡っ引きに知れれば、盗賊の一味でないことは、はっきりする」

「旦那の言うとおりだ」

彦次は、ほっとした。いざとなれば、彦次自身で町方に話すこともできる。

「ところで、町方のなかに、彦次のことを知っている者がいるのか」

玄沢が声をあらためて訊いた。

「あっしが、盗人と知っているのは、むかし、仲間だった男だけでさァ」

「仲間は、何人もいるのか」

「ふたりだけで」

彦次が盗みに手を染めたとき、遊び仲間だったふたりの男といっしょに商家に忍び込んで金を奪ったのだ。たいした金額でなかったことを覚えている。

「そのふたりの居所を知っているか」

さらに、玄沢が訊いた。

「知らねえ。ふたりといっしょに盗みに入（へえ）ったのは、独り者（もん）のときで、七、八年も経ちまさァ」

「若いときだな」

「まだ、こそ泥で」

「そのふたりは、彦次が飛猿と知っているのか」

「分からねえ。ふたりとは、五、六年も会ってねえんで」

「そうか。まだ、岡っ引きが彦次のことを探っていたかどうかも、はっきりしないのだ。気にすることはあるまい」

玄沢はそう言うと、「彦次、一杯やるか」と言って、腰を上げた。玄沢は酒好きで、仕事を終えると、いつも独りで飲んでいるのだ。

「それじゃァ、一杯（いっぺえ）だけ」

彦次は、家で夕めしの仕度が終わるまでには帰るつもりだった。

6

翌日、彦次が早めに仕事を終わりにして長屋にもどると、玄沢が姿を見せ、

「彦次、話がある」

と言って、彦次を自分の家に連れていった。

彦次は玄沢の家の上がり框に腰を下ろし、

「長屋で何かあったんですかい」

と、すぐに訊いた。

「庄助が、岡っ引きに彦次のことを訊かれたようだ」

玄沢が言った。

「岡っ引きは、長屋に入ってきたんですかい」

庄助は居職の曲師なので、長屋で仕事をしているはずである。

「いや、たまたま庄助が長屋を出たとき、岡っ引きにつかまったらしい」

「どんなことを、訊かれたんで」

彦次は、胸の動悸が激しくなった。富沢屋に入った賊ではないとすぐに分かるはずだが、飛猿と知れるかもしれない。飛猿と分かれば、長屋には住めなくなる。おゆきとおきくを裏切るだけでなく、盗人の家族と見られ、肩身の狭い思いをするだろう。

「長屋に大工や屋根葺きはいないか、訊いたようだ。それで、庄助は彦次と長吉の名を出したらしい」

「その岡っ引きは、あっしや長吉を盗賊とみてるんですかい」

「いや、そうでもないようだぞ。わしが見たところ、その岡っ引きは盗賊の店に入った手口から、一味のなかに身軽で店の造りのことをよく知っている者がいると見当をつけたらしい。それで、大工か屋根葺きとみて、聞き込みにあたっているのではないかな」

「そうですかい」

彦次は、ほっとした。自分が目をつけられているのではないと分かったのだ。

「彦次、安心するのは早いぞ。他の岡っ引きたちも、建て看板から屋根に飛び移って、二階から忍び込めるような身軽な男を探っているはずだ」

「そうかもしれねえ」

「このままだと、富沢屋に押し入った賊はともかく、彦次が飛猿と見抜く者がでてくるかもしれぬ」

「…………」

彦次は眉を寄せた。

いまのところ、八丁堀同心も御用聞きたちも、飛猿の探索にあたってはいない。飛猿が商店に侵入しても奪う金はわずかで、しかもその手口が鮮やかなことから、金を奪われた商店もかえって面倒なので、町方に訴えるようなことはしなかった。それで、町方も見て見ぬ振りをしているのだ。

「どうだ、しばらく長屋から姿を消すか。ほとぼりが冷めるまで、江戸を出て様子を見る手もあるぞ」

　玄沢が彦次に訊いた。

「そんなことはできねえ。あっしはともかく、おゆきとおきくは、あっしがいなけりゃァ生きちゃァいけねえ」

　彦次は、女ふたりだけで長屋に残されたら、まともに生きていく術はないだろうと思った。女の身を売るような真似はさせられない。

「うむ……」

　玄沢はいっとき黙考していたが、

「彦次、いま、町方は飛猿を追っているわけではない。富沢屋に押し入った盗賊一味なのだ。一味の者がつかまれば、いままでどおり飛猿には目をつぶってくれるはずだ」

　と、彦次に目をやって言った。

「あっしも、そうみてやす」

「それなら、盗賊たちの居所を突き止めて、町方に捕らえてもらえばいい」

「その前に、あっしが御用になるかもしれねえ」

「彦次、町方が盗賊の居所を突きとめるのを待つのではなく、おまえが突きとめればいいのだ」

「そうか。あっしが、突きとめて町方に知らせるわけか」

「分からぬように、陰で動くのだぞ」

「やってみやしょう」

　彦次が目をひからせて言った。

「彦次、わしも手を貸す。わしも、飛猿の世話になっているからな。飛猿が、お縄になるのは、困るのだ」

　玄沢が、声をひそめて言った。

「あっしは、旦那の世話などしてねえ」

　彦次が照れたような顔をした。

　おゆきとおきくが、独り身の玄沢の暮らしぶりを見て、余分に炊いた飯や余り物の菜などを持ってくるだけだ。

「そうかといって、わしが御用聞きのように歩きまわることはできぬ。……彦次、わしにできることがあったら話してくれ」

「へい、そのときは、旦那に話して手を借りやす」

　彦次は、玄沢に頭を下げた。

　玄沢は老いてはいたが、一刀流の遣い手であった。若いころ、一刀流の道場に通い、師範代にまでなったのだ。多少、動きはにぶくなっていたが、剣を手にすれば、相手が武士であっても、後れをとるようなことはないはずだ。

　彦次が自分の家にもどると、おゆきとおきくが夕めしの仕度をして待っていた。

「お帰りなさい。夕餉の仕度ができてますよ」

　おゆきが言った。

「おとっつァん、いっしょに食べよ。あたし、お腹が空いちゃった」

　おきくが立って、上がり框の近くまで来た。そして、彦次の手を引いて、箱膳の前に座らせた。

「すまん、すまん。玄沢さんの話が長くなってしまってな」

　そう言って、彦次は箱膳の前に座った。

「いただきます！」

　おきくが声を上げ、旨そうに茶碗のめしを食べ始めた。

「おまえさんも、食べてくださいな」
おゆきが言った
「食べるぞ」
彦次は声高に言って、食べ始めた。彦次は胸の内で、どんなことがあっても、おゆきとおきくに悲しい思いはさせない、と誓った。

7

翌朝、彦次は佐賀町に行き、変装用の衣類が隠してある小屋に立ち寄って着替えた。小袖を裾高(すそだか)に尻(しり)っ端(ぱ)折(しょ)りし、手ぬぐいで頬っかむりした。屋根葺きの身装(みなり)ではなく、遊び人ふうに変えたのである。

彦次は大川端の通りにもどると、川下に足をむけた。そして、富沢屋の近くまで来た。

富沢屋は、店をひらいていた。商家の旦那ふうの男や船頭らしい男などが出入りしている。ただ、活況ではなかった。盗賊に押し入られ、番頭が殺されたことが、まだ尾を引いているようだ。

彦次は、富沢屋の前で足をとめず、そのまま通り過ぎた。そして、深川熊井町にむかった。飲み屋の利根吉と女房を殺したのはだれか、下手人をつきとめようと思ったのだ。それというのも、利根吉を殺した者は、富沢屋に押し入った盗賊と何かかかわりがあり、口封じのために殺したのではないかとみたのだ。利根吉は甚蔵の子分だったことがあり、甚蔵のことはもとより、子分のことも知っていたからだ。

彦次は、飲み屋の前まで行って足をとめた。店の板戸はしまっていた。念のため、彦次は板戸に身を寄せてなかの様子を窺(うかが)った。店のなかはひっそりとして、ひとのいる気配はなかった。

彦次は、戸口のところに枯れ葉が吹き寄せられているのを見て、店に頻繁に出入りしている者はいない、とみた。

ただ、利根吉夫婦の死体はそのまま放置されず、片付けられているようだ。放置されていれば、強い死臭がするはずである。

彦次は、近所の住人に訊いてみようと思った。店に出入りした者が分かるかもしれない。

通りの左右に目をやると、すこし離れた場所に石屋があった。石工らしい男がふたり、店の前で墓石を造っていた。ふたりとも、陽に焼けた赭黒（あかぐろ）い顔をしている。

彦次は親方らしい年配の男に近付き、

「ちょいと、すまねえ」

と、声をかけた。

「なんだい」

年配の男は、石を砕く先の尖（とが）った鉄槌（かなづち）を手にしたまま彦次に顔をむけた。顔が汗でひかっている。

「そこに、飲み屋があったな」

彦次が指差して言った。

「ああ」

「何度か飲みに来た店だが、ちかごろしまったままで留守のようだ。店の親爺は、どうしたんだい」

「おめえ、知らねえのかい。店の親爺も連れ合いも、殺されちまったぜ」

男が昂（たかぶ）った声で言った。

「殺されたのか！」

彦次は驚いたような顔をした。利根吉夫婦が何者かに殺されたことは知っていたが、親方に喋らせるために驚いてみせたのである。

「そうよ。ふたりとも、刃物で斬られてな、血だらけになって死んでたのよ」

親方は眉を寄せた。

「それで、だれが殺したんだい」

彦次は身を乗り出して訊いた。

「おれには、分からねえが、岡っ引きが何人も来て調べてたぜ」

「それで、何か分かったのかい」

彦次が訊くと、もうひとりの若い石工が、

「あっしの知り合いの岡っ引きから聞いたんですがね。利根吉夫婦を殺したのは、昔の仲間じゃァねえかと言ってやした」

と、口を挟んだ。

「その昔の仲間ってえのは、何をしてるんだい」

彦次は、利根吉の昔の仲間は盗人と知っていたが、ふたりに喋らせるためにそう訊いたのである。

「でけえ声じゃァ言えねえが、殺された利根吉は盗人だったたらしいぜ」

親方が、でかい声で言った。石を叩いたり割ったりする仕事なので、連日大きな音を耳にしている。それで、大声で話すようになったのだろう。

「盗人だと！」

彦次も大声を上げ、驚いてみせた。

「そうよ、噂だがな。利根吉を殺ったのは、昔の盗人仲間らしいぜ」

「仲間か。……そいつの名を知ってるかい」

彦次は胸の内で、甚蔵の子分だと思った。

「名は聞いてねえ」

親方が素っ気なく言った。

「なんだ、知らねえのか」

彦次は、がっかりした。

「おめえさん、嫌にしつこく訊くが、利根吉と何かかかわりがあるのかい」

親方が、上目遣いに彦次を見て訊いた。

「ここだけの話だがな。利根吉に金を貸してあったのよ。酒を仕入れる金が足りねえから、貸してくれと言われてな。すこしだが、貸したのよ。店をひらいてりゃア、飲み代で帳消しにするつもりだったんだが、死んじまっちゃア、金も返してもらえねえし、酒も飲めねえ」

彦次が肩を落とした。

「死んじまった者から、金は取れねえなァ」

親方が同情するように言った。

「利根吉を殺(や)った昔の仲間に、金を返してもらいてえ」

彦次が悔しそうな顔をした。

「噂だがな、殺した仲間は、利根吉がやってた飲み屋に出入りしてたらしいぜ」

親方が身を乗り出して言った。

「仲間の名は知らねえようだが、そいつの居所を耳にしたことはねえかい。貸した金を、すこしでも返してもらいてえ」

彦次は執拗に訊いた。何とか、利根吉を手にかけた盗人仲間を探し出したかったのだ。口封じのために、利根吉を殺したとすれば、その盗人は駒形の甚蔵の子分ではないかと踏んだからだ。

「利根吉が殺される前、相川町に昔の仲間がいると口にしたのを覚えてるぜ」

「相川町のどこだい」

相川町は熊井町の北にある。広い町ではなかったが、相川町というだけでは、探すのが難しい。

「分からねえなァ」

親方は、首を横に振った。

それから、彦次は利根吉を手にかけた男の居所を突き止めるために、手掛かりになるようなことはないか訊いたが、親方は再び首を横に振るだけだった。

「手間をとらせたな」

彦次は親方に礼を言って、その場を離れた。

8

彦次は相川町に行ってみた。日本橋方面と深川をつなぐ永代橋が近いせいもあって、表通りは熊井町より賑やかだった。

彦次は闇雲に歩いて利根吉のことを訊いても無駄だと思い、まず土地の遊び人やならず者を探すことにした。

彦次は賭場に目をつけた。それというのも、殺された利根吉は博奕好きで、金を手にすると賭場で遊ぶことが多かったからだ。利根吉は飲み屋を始めてからも、賭場に出入りしていたとみたのである。

彦次は、表通りを歩きながら話が聞けそうな男を探した。永代橋のたもと近くまで来たとき、遊び人ふうの男に目をとめた。小袖の裾を後ろ帯に挟んで両足を露にし、肩を振りながら歩いてくる。

彦次は男に近付き、

「ちょいと、すまねえ」

と、声をかけ、男の脇に立った。

「何の用だ」

男が威嚇するように彦次を睨んで言った。

「でけえ声じゃァ言えねえんだが、兄いなら知っていると思いやしてね」

彦次が愛想笑いを浮かべ、

「兄いの足をとめさせるわけにはいかねえ。歩きながらで、いいんでさァ」

と言って、彦次は男が足をむけていた方にゆっくりと歩きだした。

「何の話だい」

男が顔をしかめて訊いた。

彦次は男に身を寄せ、

「あっしは、これが好きでね」

と言って、壺を振る真似をしてみせた。

「おれも、目がねえ」

男の表情が、やわらいだ。博奕仲間と思ったのかもしれない。

「この辺りにあると、耳にしたんだが、兄いは知ってやすか」

彦次は、この辺りに賭場があるかどうか知らなかったが、そう訊いてみた。

「あるぜ」

男が小声で言った。

「どこにあるか、教えてくれねえかな。ひと遊びしてえ」

「教えてやるよ」

男は、ついてきな、と言って、道沿いにあった料理屋の脇の道に入った。そこは一膳めし屋、飲み屋など飲み食いできる店が軒を連ねていたが、いっとき歩くと店はまばらになり、行き交う人の姿もすくなくなった。

路地沿いに、稲荷(いなり)があった。赤い鳥居の先にある祠(ほこら)を、枝葉を繁らせた椿(つばき)や樫(かし)などの深緑が覆っている。

「そこだよ」

男が、稲荷の杜(もり)の脇にあった仕舞屋(しもたや)を指差して言った。妾宅(しょうたく)か隠居の住む別邸のような感じがする。

その家の前に、吹き抜け門があった。簡素な門扉がついているが、いまはあいたままになっていた。

その家の周囲に、人影はなかった。家からかすかに男の声が聞こえたが、静かだった。

「まだ、ひらいてねえぜ」

男が言った。

「だれか、いるようだ。じき、ひらくんじゃァねえかな」

「おれは、行くぜ。ひらくまで、待っちゃァいられねえ」

そう言って、男は来た道を引き返した。

彦次は稲荷の前まで戻り、杜のなかに身を隠した。彦次の体は樹陰のなかに隠れ、通りからその姿を見ることができない。彦次は、生い繁った椿の葉叢（はむら）の間から、仕舞屋を覗（のぞ）いている。話の聞けそうな男が通ったら、利根吉のことをそれとなく訊いてみるつもりだった。利根吉を殺した男の話が聞けるかもしれない。

彦次がその場に身を隠して、半刻（一時間）ほど経ったろうか。陽は西の空にまわり、稲荷の杜のなかは薄暗くなってきた。

仕舞屋に目をやると、戸口に遊び人ふうの男がひとり姿をあらわした。賭場の下足番らしい。

通りに目をやると、職人ふうの男や遊び人、それに商家の旦那ふうの男などが、ひとりふたりと稲荷の前を通り、仕舞屋の戸口にむかっていく。

……賭場をひらくようだ。

彦次は胸の内でつぶやき、賭場に入っていく男たちに目をやった。

彦次は盗人らしい男を探した。歩く姿や物腰から盗人と分かるかもしれない。それに、顔を見たことのある盗人もいるはずだ。はっきりしなければ、それらしい男をつかまえて話を聞く手もある。

それから半刻ほど経つと、辺りは夕闇につつまれ、杜のなかは暗くなった、仕舞屋からは、男たちの談笑の声が聞こえてくるだけである。

ふいに、仕舞屋が水を打ったように静まり返った。そして、すぐにどよめきが起こり、男たちの声が聞こえてきた。博奕が始まったようだ。

彦次は夜が更けるまで、稲荷の杜にとどまり、賭場から出てきた男にそれとなく近付いて、利根吉のことを訊いてみたが、殺しにかかわったと思われる男のことを聞き出すことはできなかった。

賭場から盗人らしい男がふたり、何やら話しながら出てきたが、彦次は声をかけることができなかった。ふたりとも剽悍そうな男だったので、下手に声をかけて利根吉のことを訊くと、喧嘩になるとみたのだ。彦次は、歩きぶりや身辺にただよう雰囲気から盗人を見分ける目を持っていたが、喧嘩や斬り合いには自信がなかった。

第二章　賭場

1

「旦那、いやすか」

彦次は、玄沢の家の戸口で声をかけた。

「いるぞ」

玄沢のくぐもった声が聞こえた。

彦次は腰高障子をあけた。土間の先の座敷で、玄沢が茶を飲んでいた。昼めしの後らしい。膝先に、箱膳が置いてある。

それにしても、遅い昼めしである。すでに、八ツ（午後二時）近かったのだ。

「彦次、仕事はどうした」

玄沢が訊いた。

「今日は、休みやした」

「昼めしは、食ったのか」

玄沢が訊いた。

「済ませやした。旦那、八ツになりやすぜ」

そう言って、彦次は上がり框に腰を下ろした。呆(あき)れたような顔をしている。

「ところで、何の用だ」

玄沢が、彦次に膝をむけて訊いた。

「旦那の手が借りてえんで」

「何かあったのか」

「富沢屋に押し入った盗賊のことで、佐賀町に探りに行ったんですがね。あっしひとりだと、心細いんでさァ。それで、旦那にもいっしょに行ってもらえねえかと思いやしてね」

「これから行くのか」

「そのつもりで来たんでさァ」

賭場がひらくのは、陽が西の空にまわってからなので、ゆっくり出かければいいのだ。

「わしも行こう。このところ、刀研ぎの仕事は暇でな。ちょうどよかった」

そう言って、玄沢は立ち上がった。

玄沢は、そのまま戸口から出ようとしたが、

「旦那、今日は刀を持っていってくだせえ」

と、彦次が言った。

「刀がいるのか」

「遣うことになるかもしれねえ」

「分かった」

玄沢は、座敷の隅に置いてあった大刀を腰に帯びた。

ふたりは長屋の路地木戸から、大川端の通りに出た。そして、川沿いの道を川下にむかって歩いた。

仙台堀にかかる上ノ橋を渡り、佐賀町に入ると、

「佐賀町に、賭場がありやしてね。殺された利根吉は、その賭場に出入りしてたとみたんでさァ」

彦次は、利根吉のことを玄沢に話してあったのだ。

「それで、賭場を探るのか」

「賭場から出てきたやつをつかまえて話が訊きてえんだが、ならず者や渡世人もいやしてね。あっしひとりだと心細いんでさァ」

彦次が照れたような顔をした。

「それで、わしを連れてきたのか」

「旦那がいっしょなら、怖えものはねえ」

「分かった。ちかごろ、わしも歳でな。動きまわると、息が切れる。相手が何人もだと、後れをとるぞ」

「賭場から出てきたやつから話を聞くだけだから、大勢じゃァねえ。それに、相手は町人でさァ」

「それなら、何とかなるな」

ふたりは、そんなやり取りをしながら歩き、賭場の近くにある稲荷の前まで来た。

彦次は、赤い鳥居の前を通り過ぎたところで足をとめ、

「あれが、賭場でさァ」

と言って、稲荷の杜の脇にある仕舞屋を指差した。

「まだ、だれもいないようだ」

仕舞屋の近くに人影はなかった。辺りはひっそりとして、人声も物音も聞こえない。

「賭場がひらくには、まだ早え(はえ)が、壺振りや貸元の子分たちは来てるはずですぜ」

彦次は、すでに子分たちは家に来て、賭場をひらく準備をしているとみていた。

「賭場がひらくまで、待つのか」

玄沢が訊いた。

「そうなりやす」

彦次は、稲荷の杜を指差し、「あそこで、待ちやしょう」と玄沢に言った。

ふたりは、稲荷の杜に入り、椿の葉叢の間から仕舞屋に目をやった。

「ここなら、賭場がよく見える」

そう言って、玄沢は身を乗り出すようにして葉叢の間から覗いている。

「彦次、だれか出てきたぞ」

玄沢が声を殺して言った。

「やつは、下足番でさァ」

彦次は、昨日その男を目にしていた。男は賭場をひらく準備をしているにちがいない。

それからいっときして、玄沢が身を乗り出し、

「おい、あの男は賭場の客か」

と、通りを指差して訊いた。

見ると、小袖を裾高に尻っ端折りし、黒股引を穿いた男が、手先らしい男を連れて仕舞屋の方に歩いてくる。

「やつは、岡っ引きだ！」

彦次が、昂った声で言った。見覚えのある男だった。富沢屋に盗賊が入った翌日、店先に集まっていた野次馬や岡っ引きたちのなかにいた男である。

「いっしょにいるのは、下っ引きか」

玄沢が訊いた。

「そのようで」

ふたりの男は、通り沿いの枝葉を繁らせた樫の樹陰にまわった。そこから、賭場を見張っているようだ。

「あやつ、賭場を探っているのか」

玄沢が訊いた。

「分からねえ。……手入れかもしれねえ」

町方が賭場を目に付け、手入れをするつもりではないか、と彦次はみた。岡っ引きは、先に来て賭場を見張っているのかもしれない。

2

岡っ引きと下っ引きが樫の樹陰に身を隠してしばらくすると、通りの先に、ひとりふたりと、賭場の客らしい男が姿を見せた。

辺りは夕闇に包まれ、賭場の客たちの顔がはっきり見えなくなった。

「彦次、向こうから来る男たちは」

玄沢が通りの先を指差して訊いた。

数人の男が、歩いてくる。そのなかに、恰幅のいい男がいた。黒羽織に小袖、角帯をしめている。

「貸元ですぜ」

彦次が言った。貸元が子分を連れて賭場に来たようだ。同行した子分たちのなかに、代貸や壺振りがいるかどうか分からなかった。ふたりは、先に賭場に入っているかもしれない。

貸元たちが仕舞屋の戸口まで来ると、何人かの子分が出迎え、貸元たちとともに家のなかに入った。

「役者が揃ったようだな」

玄沢が言った。

「まだ、岡っ引きは、木の陰にいやすぜ」

岡っ引きと下っ引きは、木の陰に身を隠したままである。

それからいっときすると、仕舞屋から聞こえていた男たちの声や物音がやみ、急に静かになった。

「博奕が始まったようだ」

彦次がそう言ったときだった。

「彦次、見ろ！」

玄沢が通りの先を指差して言った。

「八丁堀だ！」

彦次が声を上げた。

通りの先に、捕方の一隊が見えた。捕物出役装束に身をかためた八丁堀同心をはじめ、捕物装束の男たちが、小走りに近付いてくる。総勢、三十人ほどはいようか。捕方のなかには、六尺棒の他に、突棒、袖搦、刺股の捕物三道具と呼ばれる長柄の捕具を持っている者もいた。

「賭場の手入れだな」

玄沢が身を乗り出して言った。

「旦那、先頭にいるのは、島崎の旦那ですぜ」

彦次は、捕方を率いている男を知っていた。北町奉行所の定廻り同心の島崎源之助である。

島崎は、富沢屋に盗賊が押し入った後、事件現場に来ていて、他の同心との会話

のなかで、店に押し入ったのは、

「飛猿ではない」

と、口にした男である。

その後、彦次は島崎の姿を目にしたことはなかったが、どうやら手先たちに賭場を探らせていたらしい。

「手入れか！」

玄沢の声も、昂っていた。こうした捕物を見るのは初めてなのだろう。

「どうしやす」

彦次が訊いた。

「様子を見るしかあるまい」

「島崎の旦那も、富沢屋に押し入った賊を探っていて、この賭場に目をつけたのかもしれねえ」

「まだ、何とも言えんが、島崎という男は、やり手のようだ」

彦次と玄沢がそんなやり取りをしている間に、島崎に率いられた捕方の一隊は、仕舞屋の戸口近くまで来ていた。

そこで、一隊は二手に分かれた。捕方の十人ほどが、家の脇から裏手にまわったようだ。裏手から逃げる者たちを捕らえるためであろう。

そのとき、島崎の「踏み込め！」という声が聞こえた。その声で、戸口にいた捕方たちが、次々に踏み込んだ。

御用！　御用！　という捕方たちの声が聞こえ、男たちの悲鳴や怒鳴り声などがひびき、大きな家具が倒れたような音がした。

「始まったぞ」

玄沢は、身を乗り出して仕舞屋に目をやっている。

「飛び出してきた！」

彦次が声を上げた。

戸口から、遊び人らしい男がふたり、飛び出してきた。後から四、五人の捕方が走り出て、ふたりの後を追った。そして、手にした六尺棒で、逃げるふたりの背後から殴りつけた。

ひとりが、ギャッ！　という悲鳴を上げてよろめき、雑草に足を取られて転倒した。そこへ捕方が走り寄り、男を取り押さえた。

もうひとりも、後ろから追いついた捕方のひとりに羽交い締めにされて捕らえられた。

しばらくすると、仕舞屋のなかの悲鳴や怒声などが聞こえなくなった。男たちの話し声や戸をあけしめするような音が聞こえるだけである。

辺りは、夜陰につつまれていた。仕舞屋の戸口から洩れる灯が、辺りをぼんやり照らしている。

「捕物は、終わったようだ」

玄沢が言った。

「旦那、何人か出てきやしたぜ」

彦次が仕舞屋の戸口を指差した。

見ると、縄をかけられた男たちが、捕方に連れられて戸口から、ひとりふたりと出てきた。遅れて賭場に入った貸元やいっしょに賭場に入った男の姿もあった。捕らえられた男たちは後ろ手に縛られ、捕方が周囲についている。

「島崎の旦那だ！」

彦次が言った。貸元らしい男の背後に、島崎の姿があった。

「大勢つかまったな」

玄沢は、仕舞屋に目をやっている。

縄をかけられ、捕方に連れられていく男は、十人ほどいた。貸元、壺振り、子分たち、それに逃げようとした客もいるようだ。

彦次は夜陰のなかに遠ざかっていく捕方の一隊に目をやりながら、

「これで、富沢屋に押し入った賊のことが、訊けなくなっちまった」

と言って、残念そうな顔をした。

「わしらに代わって、島崎どのが訊くかもしれんぞ」

玄沢がつぶやくような声で言った。

「島崎の旦那は、お縄にしたやつらから盗賊のことも訊きやすかね」

「訊く。島崎どのは賭場の手入れが狙いではなく、おれたちのように、捕らえた者たちから富沢屋に押し入った賊のことを訊き出す目的があったのかもしれん」

玄沢の双眸が、闇のなかで青白くひかっていた。獲物にむけられた獣のような目である。

3

彦次は夜道を玄沢といっしょに歩きながら、

「島崎の旦那に、まかせるしかねえか」

と、つぶやいた。

「ただ、島崎どのが捕らえた者のなかに、富沢屋に押し入った賊がいたかどうか……。それに、賊の仲間がいて吐いたとしても、頭目をはじめ子分たちをつかまえるのはむずかしいだろうな」

「…………」

彦次は無言で玄沢に顔をむけた。

「盗賊たちは、仲間が町方につかまったと知れば、姿を消すからな」

玄沢が言い添えた。

彦次は黙って頷いた。

「旦那、何か手がありやすか」

歩きながら、彦次が訊いた。

「これといった手はないが……」

玄沢はそうつぶやき、いっとき無言で歩いていたが、

「利根吉という男は殺される前、相川町に昔の仲間がいると口にしたのだな」

と、念を押すように訊いた。

「そうでさァ。あっしは、利根吉が博奕好きだったのを知ってやしてね。賭場を見張れば、昔の仲間の盗人が顔を出すとみたんでさァ」

「彦次は、利根吉の仲間の顔を知っているのか」

「知らねえが、顔を見れば分かると思ったんで。それに、長年盗人をつづけた男なら、何となく、分かるもんでさァ」

彦次が言った。

「それで、町方に捕らえられた者のなかに、盗人らしい男はいたのか」

「分からねえ。暗かったし、遠くて顔もはっきり見えなかったもんで……」

彦次は語尾を濁した。明るくても、遠方だったので、分からなかったかもしれない、と思った。

「彦次、どうだ。相川町を探ってみたら」

「……………」

彦次は無言のまま玄沢に顔をむけた。

「今日、捕らえられた者のなかに、盗人がいたかどうかだけでもはっきりさせれば、わしらの打つ手も変わってくるぞ。……盗人がいれば、島崎どのはすぐに盗賊たちの捕縛にあたるはずだ。一方、甚蔵たちは町方の手を恐れて、姿を消すだろう」

「ちげえねえ」

彦次は玄沢の言うとおり、町方も甚蔵たちもすぐに動くとみた。

「相川町界隈を縄張りにしている岡っ引きに訊けば、分かるはずだ」

「旦那の言うとおりで」

「明日、わしも相川町に行ってもいいぞ」

「申し訳ねえ」

彦次は歩きながら頭を下げた。

翌日、彦次は玄沢を伴い、ふたたび相川町に来た。そして、その後の様子を見るため、賭場だった仕舞屋のそばまで来た。

仕舞屋は、ひっそりとしていた。表戸はしまっており、人のいる気配はなかった。戸口近くの踏み倒された雑草が、昨夕の捕物を物語っているだけである。

そのとき、彦次はかすかな足音を聞いた。仕舞屋の脇から聞こえる。

「だれかいる！」

彦次は声を殺して言い、すぐに玄沢とともに稲荷の杜に入った。何者か分からなかったが、姿を見られたくなかったのである。

彦次と玄沢は、椿の葉叢の間から仕舞屋に目をやった。

仕舞屋の脇から、痩身の男がひとり姿を見せた。腰切半纏に黒股引、草鞋(わらじ)履きである。左官か屋根葺きのような恰好である。

……やつは、盗人だ！

彦次は胸の内で声を上げた。

男は、盗人独特の忍び足をしていた。おそらく、仕舞屋の様子を見に来て、家の裏手にまわって探っているうちに、無意識に盗みに入ったときの歩き方になったのだろう。

男は戸口近くまで来ると、普通の歩き方になった。通りから自分の姿が見えるので、忍び足をやめたようだ。

男は通りに出ると、稲荷の方に背をむけて歩きだした。まったく不審を抱かせない歩き方である。

「旦那、あっしがやつの跡を尾けやす」

彦次が言った。

「わしは、彦次の跡を尾けよう」

「先に、行きやすぜ」

すぐに、彦次は稲荷の杜から出た。

仕舞屋の様子を見ていた男は、半町ほど先を歩いている。彦次は足を速め、男との間を狭めた。離れて歩いていると、見失う恐れがあったのだ。彦次の後ろから来る玄沢は、彦次からそれほど間をとらずに歩いている。

先を行く男は、後ろを振り返らなかった。尾行者などいないと思っているのだろう。

男は仕舞屋からしばらく歩いたところで、道沿いにあった下駄屋の脇に入った。

そこに路地があるらしい。

彦次は走った。前を行く男の姿が、見えなくなったからである。

彦次が下駄屋の角まで行くと、前を行く男の後ろ姿が見えた。遊び人のように、肩を振るようにして歩いていく。

その路地は、人通りが多かった。道沿いには、そば屋、飲み屋、一膳めし屋など飲み食いできる店が並んでいる。

男は小料理屋らしい店の前に足をとめ、路地の左右に目をやってから、格子戸をあけてなかに入った。

彦次は路傍に立ったまま、後ろから来る玄沢が近付くのを待ち、

「やつは、あの店に入った」

指差して言った。

「馴染みにしている店かな」

「情婦の店かもしれねえ」

彦次が言った。盗人のなかには、盗んだ金で情婦に妾宅や小料理屋などを買い取ってやる者もいる。

「どうするな」

玄沢が訊いた。

「やつを、泳がせやしょう」

彦次は、跡を尾けてきた痩身の男が、駒形の甚蔵の子分かどうか分からなかった。子分だったら、捕らえられたことを甚蔵が知れば、その男から居所が知れるとみて姿を消すだろう。

彦次は、しばらく男の跡を尾けて仲間の居所をつかんでから、捕らえた方がいいと踏んだ。そのことを玄沢に話すと、

「それがいい」

玄沢はすぐに同意した。

4

「やつが、店から出てくるのを待つしかないのか」

玄沢が、小料理屋の店先に目をやって言った。うんざりした顔をしている。

彦次と玄沢は、路地沿いにあった小体（こてい）なそば屋の脇に身を隠していた。その場で

小料理屋を見張り始めて、半刻（一時間）ほど経つが、男は店に入ったまま出てこなかった。

「旦那、後はあっしがやりやす」

彦次が玄沢に言った。いつまでも、玄沢に見張りをさせておくわけにはいかなかった。それに、見張りと尾行ならひとりでできるし、身を隠すことも、動きも巧みである。

「ひとりで、いいのか」

玄沢が訊いた。

「跡を尾けて、やつの塒が知れたら、また旦那に頼みやす」

「この場は、彦次にまかせるか」

玄沢は、「わしは、長屋にもどるぞ」と言い残し、その場を離れた。

ひとりになった彦次は、小料理屋の見張りをつづけた。玄沢がいなくなって、一刻（二時間）ほど経ったろうか。店の表の格子戸があいて、男と女が姿を見せた。

……やつだ！

彦次は胸の内で声を上げた。店から出てきたのは、彦次たちが尾けてきた痩身の男と、店の女将（おかみ）らしい年増（としま）だった。年増は、男の情婦かもしれない。

ふたりは戸口で何やら話していたが、男が女の耳元に顔を寄せて何やらささやき、女の尻のあたりを撫でた。

「嫌ですよ、店先で」

女は笑いながら言い、男の背を叩いた。

「また、来るぜ」

男はそう言い残し、店先から離れた。

女は戸口に立って男を見送った後、踵（きびす）を返して店にもどった。

彦次はそば屋の脇から路地に出ると、男の跡を尾け始めた。すでに、陽は西の家並の向こうに沈み、樹陰や家の軒下などには、淡い夕闇が忍び寄っていた。路地には、ちらほら人影があった。夕暮れ時のせいか、女子供の姿はなく、家路を急ぐ仕事帰りの男や一杯ひっかけた若い衆などが目についた。

彦次の前を行く痩身の男は、ゆっくりとした足取りで、路地のなかほどを歩いていた。彦次は物陰に身を隠したりせず、通行人を装って尾けていく。

その彦次の後方を、大柄な男がひとり歩いていた。闇に溶ける茶の半纏に黒股引姿だった。大柄な男は、彦次が小料理屋から出てきた痩身の男の跡を尾け始めたとき、小料理屋から出てきたのだ。そして、彦次の跡を尾け始めたのである。

彦次は前を行く男に気をとられ、背後から尾けてくる男に気付かなかった。

前を行く男は表通りに出ると、大川の方に足をむけた。表通りは夕闇につつまれ、通り沿いの店の多くは表戸をしめていた。

男は大川端の通りに出ると、川上にむかった。男は懐(ふところ)から手ぬぐいを取り出して頬(ほお)かむりした。顔を隠すためらしい。

彦次は男の跡を尾けていく。その動きは巧みだった。足音はたてないし、前を行く男が振り返っても気付かれないようにうまく物陰に身を隠している。ただ、背後の男には気付いていない。

大川端の通り沿いの店の多くも、表戸をしめていた。人影はほとんどなく、遅くまで仕事をした職人や酔った男などが通りかかるだけである。辺りはひっそりとして、大川の流れの音と岸を打つ波の音だけが聞こえてくる。

彦次が大川端の通りに出て、永代橋のたもとを過ぎ、佐賀町に入ってしばらく歩いたときだった。

ふいに、前を歩いていた痩身の男が足をとめた。そこは、近くに人家のない寂しい場所で、岸の石垣を打つ流れの音が妙に大きく聞こえてきた。

男はゆっくりとした動きで踵を返し、体を後ろにむけた。

彦次も足をとめた。彦次は尾行を気付かれたと思い、周囲に目をやって、逃げ場を探した。

……後ろからも来る！

彦次は、背後から足早に近付いてくる大柄な男の姿を目にした。後ろの男も、頬被りをして顔を隠している。

ふいに、背後から来た男が走りだした。ほぼ同時に、前を歩いていた男も走り寄ってきた。

「挟み撃ちだ！」

彦次が声を上げた。

彦次は周囲に目をやり、岸際の柳の木に走り寄った。そして、柳を背にした。前後から襲われるのを避けようとしたのだ。

ふたりの男が、左右から走り寄った。そして、背後から跡を尾けていた大柄な男が、彦次の前に立った。もうひとりの痩身の男は、彦次の左手にまわり込んだ。ふたりは、匕首（あいくち）を手にしていた。その匕首が、夜陰のなかで青白くひかっている。

「てめえたちは、追剝（おいはぎ）か！」

彦次が、声を上げた。近くの人家に聞こえるように大声を出したのだが、大川の流れの音に掻（か）き消されてしまった。

「てめえが、飛猿かい」

大柄な男が言った。彦次にむけられた目が、闇のなかで獲物を狙う蛇のように見えた。彦次を知っているようだ。それに、彦次が跡を尾けていく様子を見て、その動きから飛猿とみたのだろう。

彦次は応（こた）えず、逃げ場を探して左右に目をやった。だが、逃げ場はなかった。

「あの世に、送ってやるぜ」

言いざま、大柄な男が匕首を顎（あご）の下に構えたまま踏み込んできた。素早い動きである。

咄嗟（とっさ）に、彦次は大柄な男から逃げようとして、右手に逃げた。だが、大柄な男の動きは速かった。

すばやく彦次に体を寄せ、手にした匕首を横に払った。

ザクッ、と彦次の小袖の左袖が裂け、露になった二の腕に血の線がはしった。だが、浅手である。

彦次は後ろに逃げた。

なおも、大柄な男は匕首を振り上げて迫ってくる。

彦次はさらに逃げたが、踵が川岸の石垣に迫り、それ以上下がれなくなった。

「死ね！」

叫びざま、大柄な男が匕首を横に払った。

咄嗟に、彦次は身を引いた。次の瞬間、石垣を踏み外し、体が宙に浮き、大川の川面に落ちた。

彦次は水飛沫を上げて、水中に落下した。彦次は夢中で水を掻いた。すると、首が水面から出た。

水深は彦次の胸の辺りだった。彦次は水面から顔を出したまま夢中で川下にむかった。

「あそこだ！」

大柄な男が、水面を覗きながら声を上げた。

ふたりの男は、水面から出た彦次の頭に目をやりながら跡を追ってきた。

彦次は水面を蹴り、手で水を掻いて川下にむかって逃げた。

川沿いに人家があったり、柳が植えてあったりしたため、ふたりの男は岸から離れたり、岸際に近寄ったりしながら跡を追ってきた。そのため、しだいに彦次とふたりの男との間はひろがってきた。

前方に、永代橋が迫ってきたとき、跡を追ってきたふたりの姿が、見えなくなった。諦めたらしい。

彦次は岸際にあった船寄(ふなよせ)に這(は)い上がった。

「助かった！」

思わず、彦次は声を上げた。

5

彦次は、長屋の家で遅い朝めしをひとりで食っていた。朝起きて、流し場で顔を洗ったばかりである。五ツ（午前八時）を過ぎていた。おゆきとおきくは、先に朝めしを済ませていた。おゆきとおきくは、彦次のそばに座り、心配そうな顔をして彦次を見ている。

昨夜遅く、彦次は濡れ鼠になって長屋に帰ってきた。しかも、左袖が裂け、腕は血に染まっていた。

「仕事が終わった後でな、仲間に誘われて一杯飲んだんだ。酔って大川に落ちたとき、石垣の角で腕を切っちまった」

彦次は照れたような顔をして、女ふたりに話した。

ふたりは、彦次の濡れた着物を脱がせ、傷を負った左腕に晒を巻いた。幸いたいした傷ではなかったので、手当てとしてはそれで十分だった。

昨夜、彦次は残してあっためしを食ってから横になった。体が綿のように疲れていたので、すぐに眠ってしまった。

今朝、女ふたりは早く起きたが、彦次は朝寝坊し、朝めしを食うのがいまになってしまったのだ。

彦次は朝めしを食い終え、おゆきが淹れてくれた茶を飲んでいると、戸口に足早に近付いてくる足音が聞こえた。

足音は腰高障子の向こうでとまり、

「彦次、いるか」

と、玄沢の声がした。その声に、慌てているようなひびきがあった。

「入（へえ）ってくだせえ」

彦次が声をかけると、すぐに腰高障子があいた。

顔を出した玄沢は、

「彦次、無事か！」

と声を上げ、土間に入ってきた。長屋の住人から彦次が怪我（けが）をしたと聞いてきたようだ。おそらく、昨夜、彦次の左袖が裂け、血に染まっていたのを目にした長屋の者が、玄沢に話したのだろう。

「掠（かす）り傷でさァ。酔って、足を滑らせちまって」

彦次が苦笑いを浮かべて言った。

「そ、そうか。……いや、たいした傷でなくてよかった」

玄沢は、ほっとしたような顔をして言った。

「めしを食ったら、旦那のところに顔を出そうと思ってたんでさァ。……ところで、旦那、朝めしは食いやしたか」

「食った。今朝、早く起きてな。めしを炊いたのだ」

「そうですかい」

彦次が言うと、そばにいたおゆきが、

「玄沢さま、茶を淹れますから、上がってください」

と、言って、立ち上がろうとした。

「いや、いい。茶は飲んできたところだ。それに、珍しく急ぎの仕事があってな」

玄沢はそう言うと、「また、来る」と言い残し、戸口から出ていった。

彦次は、いっとき茶を飲んだ後、

「玄沢の旦那のところに行ってくる。今日は、仕事に行けないからな」

と言って、腰を上げた。

彦次は昨夜のことを玄沢に話しておこうと思ったのだ。

玄沢は、研ぎ場にいた。刀を研いでいたのではなく、研いだ刀を手にしていた。研ぎ具合を見ていたらしい。

「彦次か、上がってくれ」

玄沢は、手にした刀を刀置き場に立て掛けてから座敷に出てきた。

「昨夜、跡を尾けられやしてね。大川端で、ふたりの男に襲われたんでさァ」

そう前置きし、彦次は昨夜のことを話した。

「ふたりは、何者か分かるか」

玄沢が身を乗り出すようにして訊いた。

「名は知らねえが、ふたりは盗人とみやした」

「ふたりとも、相川町の小料理屋に出入りしていたようだな」

「そうかもしれねえ」

「どうする」

玄沢が訊いた。

「ひとりつかまえて話を訊けば、甚蔵たちの様子が知れるんですがね。あっしひとりじゃァ歯がたたねえ」

「わしも行くぞ」

「旦那がいっしょなら、二人でも三人でも怖くねえ」

「どうだ、これから行くか」

「へえ……」

彦次は戸惑うような顔をしていっとき口を閉じていたが、

「明日にしやしょう。……おゆきとおきくに、今日は仕事に行かねえと言ってあるんで、帰りが遅くなったら、言い訳できねえ」

と、首をすくめて言った。

「そうか。女房と子供は、彦次の宝だからな」

玄沢が笑みを浮かべて言った。


翌朝、彦次は仕事に行くと言って、玄沢の家に立ち寄った。そして、ふたりして長屋を出た。むかった先は、相川町にある小料理屋である。

まだ早いので、ふたりは念のため、賭場だった仕舞屋の前の道に出た。歩きながら仕舞屋に目をやったが、人気(ひとけ)はなく、ひっそりと静まっていた。

「だれもいないようだ」

玄沢が言った。

彦次と玄沢はそのまま通り過ぎ、小料理屋のある路地に入った。そして、小料理屋の近くの路傍に足をとめ、店先に目をやった。

「店はひらいているようですぜ」

彦次は、店先に暖簾が出ているのを見て言った。

「まだ、客はいないようだ」

「旦那は、ここにいてくだせえ。あっしが、様子を見てくる」

そう言い残し、彦次は小料理屋の方にむかった。通行人を装って、歩いていく。

彦次は店の近くまで行くと、店先に近寄り、すこし歩調をゆるめたが、足をとめずに通り過ぎた。そして、半町ほど歩いてから路傍に足をとめ、踵を返してもどってきた。

「どうだ、なかの様子は」

玄沢が訊いた。

「客はいないようで」

彦次が、店のなかで物音はしたが、話し声は聞こえなかったと話した。

「まだ、早いからな。しばらく様子を見るか」

そう言って、玄沢は、通りの左右に目をやった。

「どうだ、あの木の陰は」

玄沢が、路傍で枝葉を繁らせている樫を指差した。

そこは、以前小料理屋を見張ったそば屋の脇ではなく、四軒先にあった小体な瀬戸物屋のそばだった。樫の陰にまわれば通りからは目立たないし、彦次たちの姿を目にしても、木陰で一休みしていると思うだろう。

ふたりは、樫の樹陰にまわった。彦次は、樹陰に平たい石があるのを見て、

「旦那、腰を下ろしてくだせえ」

と、声をかけた。樹陰で一休みするには、都合のいい石である。

「すまんな」

玄沢は石に腰を下ろした。彦次は脇に立っている。

6

「旦那、やつだ！」

彦次が身を乗り出すようにして言った。

遊び人ふうの痩身の男が、小料理屋の前で足をとめた。

「あの男だな」

玄沢も、一昨日、痩身の男を目にしていたのだ。

痩身の男は、小料理屋の店先に立ち、通りの左右に目をやってから格子戸をあけた。

「旦那、どうしやす」

彦次が訊いた。

「出てくるまで、待つしかあるまい」

「いつ出てくるか、分からねえ」

「なに、今日は、夕めしも外で食うつもりで来たのだ。のんびり構えるさ」

玄沢は、石に腰を下ろしたまま言った。

それから、半刻（一時間）ほどすると、小料理屋にふたりの客が入った。ふたりとも年配で、職人ふうだった。近所に住む居職の者が、骨休めもかねて一杯やりに来たのかもしれない。

「彦次、先にめしを食ってこい。いつ出てくるか、分からんぞ」

玄沢が言った。

「旦那が先に、食ってきてくだせえ。あっしは、まだ腹が減ってねえ」

「そうか。では、先に行かせてもらうかな」

玄沢はそう言い残して、その場を離れた。

小料理屋に入った男も、玄沢もなかなか姿をあらわさなかった。玄沢がその場を離れて半刻ほど経ったろうか、通りの先に玄沢の姿が見えたときだった。小料理屋の格子戸があいて、痩身の男が姿を見せた。つづいて、女将も店先に顔を出し、ふたりで何やら話してから、男だけ店先を離れて歩きだした。前と同じように、男は表通りの方にむかっていく。

彦次は玄沢がもどるのを待ち、

「旦那、あの男でさァ」

と言って、痩身の男を指差した。

「いいところに、もどったな」

玄沢が、「今日は、わしが前になって尾ける」と言って、足早に痩身の男の跡を追った。男の後ろ姿が遠くなっていたのだ。

彦次は、玄沢の後方から尾けていく。

前を行く痩身の男は、路地から表通りに出ると、大川の方に足をむけた。そして、大川端の通りに出ると、川上にむかった。

いっとき歩くと、永代橋のたもとに出た。そこは、賑わっていた。永代橋は深川と日本橋方面を結んでおり、様々な身分の者たちが行き交っている。

前を行く痩身の男は、賑やかな橋のたもとを通り過ぎ、川沿いの道に出た。その辺りは、佐賀町である。

佐賀町に出てしばらく歩くと、人通りが急にすくなくなり、大川の流れの音と岸に打ち付ける水音が、やけに大きく聞こえてきた。

玄沢が掘割にかかる橋を渡ったとき、手招きして彦次を呼んだ。

彦次は走った。足は速いので、すぐに玄沢に追いついた。

「彦次、この辺りで、やつを捕らえよう」

そう言った後、玄沢は、「やつの前に、出られるか」と彦次に訊いた。

「まわり道をすれば、出られるはずでさァ」

「何とか、やつの前に出てくれ。わしと彦次で、やつを挟み撃ちにするのだ」

「やりやしょう」

彦次は、歩きながら通り沿いに並ぶ店や仕舞屋などに目をやった。そして、下駄屋の脇に路地があるのを目にすると、

「旦那、行きやすぜ」

と、玄沢に声をかけた。

彦次はその路地をたどって痩身の男の前に出られるかどうか分からなかったが、路地が別の方に通じていれば、家の軒下でも空き地でも、道のない場をたどって川上にむかうつもりだった。

路地は一町ほど川上の方につづいていたが、そこから東の方にむかっていた。そのまま行けば、大川から離れてしまう。

彦次は家の裏手や空き地、草藪のなかなどをたどり、川上にむかった。彦次は飛猿と呼ばれる盗人だけあって、こうしたことにも慣れていた。動きも巧みである。

彦次はこの辺りまで来れば、痩身の男の前に出られるとみて、細い路地や家の軒下などをたどって大川端の道に出た。

川下に目をやると、二町ほど後方に痩身の男の姿があった。その男の後ろに、ちいさく玄沢の姿が見える。

彦次は川沿いに植えられた柳の樹陰に身を隠し、痩身の男が近付くのを待った。

痩身の男は、彦次に気付かなかったようだ。気付いたのは、男の背後から歩いてくる玄沢だった。玄沢は彦次が男の前にまわるのを待っていたので、遠方でも分かったようだ。

彦次は、足早に痩身の男に近付いた。玄沢も足を速め、男に迫ってきた。

まだ、男は気付いていない。

彦次は男が半町ほどに近付いたとき、小走りになった。

男は彦次の姿を見て、その場に棒立ちになったが、すぐに、反転して逃げようとした。だが、足はとまったままだった。背後から迫ってくる玄沢を目にしたようだ。

玄沢は刀の柄（つか）に右手を添え、すこし前屈（まえかが）みの恰好で、男に近付いてきた。老齢だが、老いを感じさせない動きである。

そのとき、痩身の男が懐から匕首を取り出した。彦次は素手だったので、近くに落ちていた手頃な小石を手にした。痩身の男が匕首でむかってきたら、飛礫（つぶて）を浴びせるつもりだった。

彦次は、男から五、六間残して足をとめた。

男は匕首を手にしたまま彦次に近付いてきたが、背後に玄沢が迫っているのを見て、大川の方へ体をむけた。川へ飛び込んで、逃げようとしたのかもしれない。

彦次は手にした小石を男にむかって投げた。飛礫は、男の脇腹にあたった。

グッ、と呻き声を上げ、男は脇腹を押さえてよろめいた。そこへ、玄沢が年寄りとは思えない素早い動きで近付き、峰に返した刀を一閃させた。

峰打ちが、男の腹を強打した。一瞬の太刀捌きである。玄沢は老いてはいたが、一刀流の遣い手であった。

男は苦しげな呻き声を上げ、腹を押さえてその場にうずくまった。

玄沢は男の前に立ち、切っ先を突き付け、

「彦次、縄をかけてくれ」

と、声をかけた。

すぐに、彦次は用意した細引を懐から取り出し、男の両腕を後ろにとって縛った。

そして、男が騒ぎたてないように手ぬぐいで、猿轡をかました。

7

「この男、長屋に連れていくか」

玄沢が訊いた。

「長屋はまずい。女たちの目がありやすから」

彦次は、おゆきとおきくに、捕らえた男のことを知られたくなかった。

「旦那、いい拷問蔵がありやすぜ」

彦次は、変装するための衣類や小物などを隠してある小屋に、捕らえた男を連れていくつもりだった。そこは秘密の小屋だったので、誰にも知られたくなかったが、玄沢ならいいと思った。

彦次たちは川上にむかっていっとき歩き、道沿いにあった漁師らしい家の脇の路地に入った。

そして、彦次は小屋の近くまで行くと、周囲に目をやり、人影がないのを確かめてから、

「この小屋でさァ」

と言って、朽ちて板が剝がれ落ちている戸をすこしだけあけて中に入った。

つづいて、捕らえた男を連れて入ってきた玄沢は、

「ひどい所だな」

と言って、小屋のなかに目をやった。立っていられる場所を探したようだ。

彦次は、積んであった木箱を小屋の隅に寄せ、その場をあけた。

玄沢は、捕らえてきた男を土間に座らせ、

「いい拷問蔵だ」

と言って、男の前に立った。

男は青ざめた顔で、玄沢と彦次を見上げている。

「おまえの名は」

玄沢が訊いた。

男は口をつぐんだままである。

「わしも彦次も、町方ではないぞ。名を隠す必要はあるまい」

そう言った後、玄沢はあらためて名を訊いた。

「島造で……」

「島造か。ここにいる彦次を襲ったとき、いっしょにいた大柄な男は」

玄沢は彦次に、もうひとりの男の体軀を聞いていたのだ。

「稲三郎兄いで」

島造が、小声で言った。

「稲三郎か」

玄沢は、彦次に目をやった。彦次は、玄沢と目を合わせてうなずいた。

「ふたりで、ここにいる彦次を襲ったのは、どういうわけだ」

玄沢が、島造を見すえて訊いた。

島造は、戸惑うような顔をして玄沢と彦次に目をやっていたが、

「あっしらのことを、尾けまわしていたからでさァ」

と、小声で言った。

すると、玄沢と島造のやり取りを聞いていた彦次が、

「島造、ごまかすな。おめえと稲三郎は、おれが飛猿と知っていたじゃねえか。それに、おめえと稲三郎は、おれがおめえたちを尾けまわしていた理由も訊かずに、

いきなり襲った」

　と、島造を見すえて言った。

「島造、なぜ稲三郎とふたりで、彦次を襲ったのだ」

　玄沢が語気を強くして訊いた。

　島造は、いっとき戸惑うような顔をして口をつぐんでいたが、

「頼まれたんでさァ」

　と、首をすくめて言った。

「だれに頼まれた」

　玄沢が畳みかけるように訊いた。

「政吉(まさきち)兄いで……」

　島造が政吉という名を口にしたとき、

「政吉は、駒形の甚蔵の子分じゃねえのか」

　と、彦次が身を乗り出して訊いた。

「そうでさァ」

「やはり、甚蔵が陰で糸を引いていたか」

彦次はそうつぶやいた後、

「おめえと稲三郎も、甚蔵の子分なのか」

と、島造に訊いた。

「子分じゃァねえ。それに、あっしらは富沢屋の盗みには手を出してねえ」

すぐに、島造が言った。

すると、彦次と島造のやり取りを聞いていた玄沢が、

「おまえと稲三郎も、盗人か」

と、つぶやいた後、

「ところで、政吉の塒を知っているな」

と、声をあらためて訊いた。

「し、知らねえ。嘘じゃやねえ。あっしと稲三郎の兄いは賭場で遊んだ帰りに、政吉兄いに頼まれたんでさァ」

島造は、そう言った後、玄沢を上目遣いに見て、

「ふたりで、十両もらいやした」

と、首をすくめて言った。

「おれの命は、十両かい」

そう言って、彦次が渋い顔をした。

「それに、政吉兄いに、あの男を生かしておくと、あっしらに町方の手が伸びると言われやしてね。それで……」

そう言って、島造は彦次から視線をそらした。

次に口をひらく者がなく、小屋のなかが重苦しい沈黙につつまれたとき、玄沢が島造を見すえ、

「まず、稲三郎の居所を訊く。塒は、どこだ」

と、語気を強くして言った。

「小料理屋の近くでさァ」

島造は隠さなかった。だいぶ喋ったので、隠す気が薄れたようだ。

島造によると、小料理屋から表通りに出た後、大川の方にむかって一町ほど歩くと道沿いにそば屋があり、その店の脇の路地を入った先にある借家に、稲三郎は情婦といっしょに住んでいるそうだ。

「情婦と、いっしょか」

そうつぶやいて、玄沢が口をつぐむと、

「ところで、富沢屋に押し入った一味のなかに、二本差しがいたな」

彦次が訊いた。番頭の繁蔵を斬った男は、武士とみていたらしい。

「あっしも、二本差しがいたと聞いてやす」

島造が言った。

「二本差しの名を知ってるかい」

「知らねえ。二本差しがいると、政吉兄いから聞いただけでさァ」

「旦那、心当たりがありやすか」

彦次が、玄沢に目をやって訊いた。

「ない。牢人だろうな」

玄沢が厳しい顔をして言った。

彦次と玄沢が口をとじて、小屋のなかが沈黙につつまれたとき、

「あっしを、帰（けえ）してくだせえ。知ってることは、みんな話しやした」

と、島造が彦次と玄沢に目をやって訴えた。

「帰（けえ）してもいいが、おめえ、命が惜しくねえのか」

彦次が言った。

「…………！」

島造は、驚いたような顔をして口をつぐんだ。彦次に殺されると思ったのだろうか。

「おめえが、おれたちにつかまって話を訊かれたことは、すぐに仲間たちに知れるぜ。おめえがもどれば、仲間たちは、よく逃げてきたと褒めてくれるかい」

「こ、殺される……」

島造の顔が、恐怖で強張（こわば）った。

「どこかに、身を隠すところがあるか」

彦次が訊いた。

「あ、浅草に、あっしの兄いがいやす」

「おめえの兄いは、浅草で何をやってるんだ」

「下駄屋でさァ」

「兄いは、おめえを家に置いてくれるかい」

「あっしは深川へ来る前、兄いの手伝いをしてたんでさァ。頼めば、置いてくれるはずでさァ」

「その下駄屋は、浅草の何処にある」

彦次は念のため、島造の居所をつかんでおきたかったのだ。

「諏訪町で」

島造によると、下駄屋は大川端の道沿いにあるという。

「旦那、島造を逃がしてもいいですかい」

彦次が玄沢に訊いた。

玄沢は無言でうなずいた。口許に笑みが浮いている。島造を逃がしてやり、しかもいつでも押さえられるように、居所まで訊いた彦次のやり方に感心したようだ。

第三章　探索

1

「あら、彦次さん、水汲み」

おしげが訊いた。

おしげとおしまが、井戸端で立ち話をしていた。そこへ、彦次が手桶を持って水汲みに来たのだ。

おしまは、泉助（せんすけ）というぼてふりの女房だった。子供は、男の子がふたりいる。ぼてふりは朝が早いので、亭主を送り出した後、水汲みに来たらしい。

「今日は、仕事が休みなんだ。水汲みでもしてやろうと思ってな」

彦次はそう言ったが、このところ屋根葺きの仕事はやっていなかった。おゆきとおきくは、仕事に行っていると信じている。

懐には、まだ何両か残っていた。以前、盗みに入って手にした金である。

「ねえ、彦次さん、聞いてる」

おしまが、彦次に身を寄せて言った。

「何の話だ」

彦次は、女房たちと話し込むつもりはなかったので、手桶を手にしたまま訊いた。

「また、押し込みが入ったんだって。……うちの亭主が、朝早く出かけてね。いったん、長屋にもどったときに、聞いたんだよ」

おしまが話すと、おしげも聞き耳をたてておしまに身を寄せてきた。話に、興味を持ったらしい。

「押し込みだと！」

彦次の胸を、甚蔵一味のことがよぎった。

「どこかの店に、入ったのかい」

おしげが、声を大きくして訊いた。

「本所元町（ほんじょもとまち）にある両替屋だって。また、奉公人がひとり殺されたらしいよ」

おしまが言った。

本所元町は、両国橋の東のたもとにひろがる町である。

「元町のどこだい」

彦次が訊いた。元町はひろい町だった。両替屋と分かっただけでは、探すのがむずかしい。

「あたし、元町と聞いただけだよ」

おしまが、眉を寄せた。

「まァ、おれには、かかわりがないからな」

そう言って、彦次は釣瓶で水を汲み始めた。

彦次が水を入れた手桶を持って家にもどろうとしたとき、足早に歩いてくる玄沢の姿が見えた。玄沢は手ぶらだったので、水汲みに来たのではなさそうだ。

彦次は井戸からすこし離れたところで足をとめ、玄沢が近付くのを待った。おしげたちに、玄沢との話を聞かれたくなかったのだ。

彦次は玄沢が近付くと、

「旦那、何かありましたかい」

すぐに、訊いた。

「彦次、また押し込みのようだぞ」

　玄沢が彦次に身を寄せて言った。

「いま、井戸端で聞きやした」

「屋根葺きの仕事は」

　玄沢が、彦次の手にしている手桶を見ながら訊いた。

「今日は、仕事がねえんで」

　彦次はそう言ったが、ちかごろ屋根葺きの仕事に行っていないので、今日に限ったことではなかった。ただ、おゆきとおきくは、彦次が長屋にいないときは仕事に行っていると信じている。

「わしも、刀研ぎの仕事はないのだ」

「元町へ行ってみやすか」

「そうしよう」

　玄沢は、すぐにその気になった。もっとも、最初から元町へ行くつもりで彦次の家に来たのかもしれない。

「旦那、これを置いてきやすから、家で待っててくだせえ」

「承知した」

玄沢は踵を返して自分の家にむかった。

彦次は家にもどると、手桶の水を水甕にあけてから、

「おゆき、出かけてくるぜ。すぐにもどる」

彦次はそう言った後、おきくに、「帰りに、饅頭でも買ってくるからな。おっかさんと留守番をしてるんだぞ」と言い残し、戸口から出ていった。

彦次が玄沢の家に立ち寄ると、玄沢は出かける仕度をして待っていた。小袖に軽衫姿で、大刀だけを差していた。

「出かけるか」

「行きやしょう」

ふたりは、玄沢の家を出ると、長屋の路地木戸にむかった。

路地木戸を出て表通りに出ると、大川の方に足をむけた。そして、大川端沿いの道を、川上にむかった。

風のない穏やかな晴天だった。大川の川面は、陽射しを反射て砂金でも撒いたようにキラキラ輝いていた。その川面を、猪牙舟、茶船、屋形船などが行き交っている。

彦次と玄沢は、気持ちのいい川風を受けながら川沿いの道を北にむかった。

「旦那、富沢屋に押し入ったのと同じ賊ですかね」

歩きながら、彦次が訊いた。

「どうかな」

「また、奉公人が、殺られたそうですぜ」

「同じ賊かもしれん」

ふたりがそんな話をしながら歩いているうちに、新大橋が眼前に迫ってきた。その橋の先に、ちいさく両国橋が見える。

ふたりは新大橋のたもとを過ぎ、御舟蔵（おふなぐら）の脇を通って竪川（たてかわ）にかかる一ツ目橋のたもとに出た。その橋を渡った先の右手が相生町（あいおいまち）一丁目で、左手に本所元町がひろがっている。ふたりは橋を渡ると、たもとを左手にむかった。

「賊に押し入られた両替屋は、どの辺りかな」

玄沢が歩きながら、彦次に訊いた。

「土地の者に、訊いてみやすか」

そう言って、彦次は通り沿いにある店に目をやった。

「あの菓子屋で、訊いてきやす」

彦次は、店の脇にある看板に目をとめて言った。看板には、菓子司と記されていた。大きな店ではないが、客が出入りしている。

彦次は、ついでに店の菓子を見ておき、帰りに娘のおきくのために買って帰ろうと思った。

2

彦次は菓子屋の店の者から、盗賊の話を聞いた。賊に入られたのは「大増屋(おおますや)」という両替屋で、店の前の通りを三町ほど歩くと、右手にあるという。

「店の前に、大勢集まってるから、すぐに分かりますよ」

店の者は、そう言い添えた。

彦次と玄沢は、菓子屋の前を通り過ぎて両国橋の方にむかった。

「旦那、あそこですぜ」

彦次が前方を指差して言った。

通り沿いの店の前に、人だかりができていた。野次馬が多いようだが、八丁堀同心と岡っ引きらしい男の姿もあった。

「島崎の旦那ですぜ」

彦次が、人だかりを指差して言った。

店の戸口近くに八丁堀同心の姿があった。北町奉行所の島崎源之助である。その島崎のそばに、何人かの岡っ引きの姿があった。

大増屋の表の大戸は、しまっていた。あいているのは右手の一枚だけで、そこから店の者や町方たちは、出入りしているらしい。

「本両替のようだな」

玄沢が言った。

両替屋は、本両替と脇両替とがあった。本両替は金銀の交換をし、他に手形の振替、預金、貸付など、現在の銀行と同じような仕事をしている。一方、脇両替は金銀貨と銭の交換が主で、質屋や酒屋などが兼ねている場合が多い。

「旦那、ちょいと聞き込んできやす」

そう言い残し、彦次は野次馬を装い、聞き込みにあたっている岡っ引きたちに身を寄せた。岡っ引きや近所の住人、それに店の奉公人などの話を盗み聞きすれば、多くの情報を耳にすることができる。

彦次は、年配の岡っ引きのそばに身を寄せた。店の奉公人らしい若い男に話を聞いている

奉公人は、手代らしかった。何かの用で店の外に出てきて、岡っ引きにつかまったようだ。

岡っ引きは、殺された奉公人のことを訊いていた。その話から、殺されたのは店の松吉（まつきち）という丁稚（でっち）らしかった。

松吉は夜更けに厠（かわや）に起きて賊と鉢合わせし、その賊に斬り殺されたらしい。

「刀で斬られたのか」

岡っ引きが訊いた。

「八丁堀の旦那は、そう言ってました」

手代が声を震わせて言った。

「殺されたのは、ひとりかい」

「ひとりです」

「大金を奪われたのか」

岡っ引きは、執拗に訊いた。

「てまえには、分かりません」

そう言って、手代は店にもどりたいような素振りを見せた。

彦次は、これ以上ふたりのやり取りを聞いても、新たなことは分からないとみて、別の岡っ引きのそばに身を寄せた。まだ若い岡っ引きだった。近所の住人らしい男に、話を訊いている。

「盗賊は、昨夜遅く店に入ったそうだな」

岡っ引きが訊いた。

「そう聞いてやす」

「どうやって入ったか、聞いてねえかい」

「聞きやしたよ。そこの看板から、一階の屋根に飛び移ったようでさァ」

男が、店の脇にある建て看板を指差して言った。角材の柱に掛けられている看板には、「両替」とだけ大きく書かれていた。

賊は建て看板の柱をよじ登り、一階の屋根に飛び移って、二階から侵入したのだろう。富沢屋に押し入ったのと、同じ手口である。

「富沢屋に入った賊だな」

岡っ引きが、つぶやいた。


一方、玄沢は、店の出入り口近くにいた。そこだけ表戸が一枚あいている。玄沢は店に出入りしている八丁堀同心や奉公人などの話を盗み聞きするつもりだった。それに、店のなかの話も、多少聞き取ることができるだろう。

玄沢は不審を抱かれないように野次馬に交じり、戸口近くにいた岡っ引きと下っ引きの後ろに立って聞き耳をたてていた。

店内の戸口近くにいるらしい岡っ引きが、作次郎という男に、奪われた金のことを訊いていた。その声が、玄沢の耳にもとどいた。作次郎は手代らしかった。ふたりのやり取りから、店の内蔵が破られ、千両近い金が奪われたことが分かった。

「そこで殺されてるのは、丁稚かい」

岡っ引きが、訊いた。どうやら、殺された男は戸口近くに横たわっているらしい。

「で、丁稚の松吉です」

　作次郎が、声をつまらせて言った。作次郎が他の丁稚に聞いたところによると、松吉は夜中に厠に起き、帳場の方で物音がするので様子を見に来たという。そこで賊と鉢合わせし、逃げようとしたために斬り殺されたようだ。

「殺ったのは、二本差しかい」

「わ、分かりません。てまえは朝起きて、帳場が騒がしいので来てみたのです。そのとき、松吉が殺されているのを見つけたんです」

「殺されたところを、見た者はいねえのか」

「番頭さんが、見たかもしれません」

　作次郎によると、賊は寝ている番頭の稲兵衛を帳場に連れてきて、内蔵の鍵を出させたという。

「賊は何人か分かるかい」

　岡っ引きが、声をあらためて訊いた。

「はっきりしません。……番頭さんは、四、五人いたらしいと話してました」

「四、五人な」

　岡っ引きが、口をつぐんだとき、

「飛猿のことで、何か聞いてねえかい」

別の男が訊いた。この男も、岡っ引きらしい。

「番頭さんが話していたのを聞いたのですが、盗人のひとりがそばにいた仲間に、飛猿と声をかけたそうです」

「仲間が、飛猿と声をかけたのだな」

岡っ引きが念を押すように訊いた。

「は、はい」

「やはり、一味のなかに飛猿がいたようだ」

岡っ引きが、つぶやくような声で言った。

板戸のそばで話を聞いていた玄沢は、
……賊は、わざと飛猿の名を出したようだ。
と、思った。賊の姿を見た番頭を生かしておいたのも、飛猿が一味のなかにいたようにみせるためであろう。
御用聞きたちの探索の目が飛猿にむけられれば、それだけ盗賊たちは探索の手から逃れられるのだ。

3

「御用聞きたちの目は、さらに、彦次にむけられそうだぞ」

玄沢が、大増屋の店先を離れたところで言った。

玄沢と彦次は人だかりを離れ、竪川沿いの通りに足をむけていた。

「何か、耳にしやしたか」

歩きながら、彦次が訊いた。

「賊のひとりが、番頭の前で飛猿の名を出したようだ」

「あっしに、町方の目をむけさせるためかもしれねえ」

「わしも、そうみた」

「甚蔵たちに、ちげえねえ。汚え手を使いやがる」

彦次の顔に、怒りの色が浮いた。

「甚蔵たちを捕らえて町方に引き渡すしかないが、その前に彦次がつかまったら、どうにもならんぞ」

「分かっていやす」

そんなやり取りをして歩いているうちに、彦次と玄沢は、通り沿いにあった菓子屋の前まで来た。

「旦那、店に寄って菓子を買ってきやす。旦那も、食べますかい」

彦次が訊いた。

「わしは、菓子より酒だ」

そう言って、玄沢は苦笑いを浮かべた。

彦次は店に立ち寄り、羊羹（ようかん）を買った。この店は、羊羹を売り物にしているらしかった。他の客も羊羹を買っていた。

「娘のためか」

歩きながら、玄沢が訊いた。

「買って帰ると、約束したんでさァ」

彦次が照れたような顔をした。

「いいことだ。娘や女房のためにも、つかまるわけにはいかないな」

玄沢が声をひそめて言った。

ふたりは、竪川にかかる一ツ目橋を渡って御舟蔵の脇を通り、大川にかかる新大橋のたもとに出た。

賑やかな橋のたもとを抜け、大川端の通りに出たところで、

「彦次、何か手はあるか」

と、玄沢が訊いた。

「甚蔵の子分をつかまえて、甚蔵の隠れ家を吐かせるしかねえ。八丁堀の旦那に、その隠れ家を話せば、始末がつきまさァ」

「定廻りの島崎どのか」

「へい、島崎の旦那は、あっしが富沢屋に入った賊のなかにはいない、とはっきり言ってくれたんでさァ」

「島崎どのなら任せられるが、どうやって甚蔵の子分をつかまえるのだ」

「島造が話していた政吉に訊く手がありやす。政吉は、甚蔵の子分です。大増屋に押し入った賊のなかにもいたはずでさァ」

彦次が言った。

「だが、政吉の居所は、つかんでおるまい」

「稲三郎がいやす。やつなら、政吉の居所を知っているかもしれねえ」

「たしか、稲三郎は、相川町にある小料理屋の近くに住んでいるということだったな」

「島造がそう話してやした」

「これから、相川町まで行くか」

「その前に、ちょいと長屋に立ち寄りてえんで」

「羊羹か」

「へい、羊羹をおゆきに渡して、すぐに相川町にむかいやす」

「いいだろう」

玄沢は苦笑いを浮かべた。

彦次は、仙台堀にかかる上ノ橋のたもとまで来ると、

「あっしは、長屋に寄ってきやす。旦那は、先に行っててくだせえ。後から追いつきやすから」

そう言い残し、左手につづく仙台堀沿いの道に入って走りだした。

玄沢はゆっくりした足取りで、大川端の道を川下にむかって歩いていく。

彦次が玄沢に追いついたのは、永代橋のたもと近くだった。彦次は走りづめだったので息が上がり、顔が汗で光っていた。

「すこし休むか」

玄沢が声をかけた。

「こ、このまま、歩いてくだせえ。……すぐに、息は収まりやす」

彦次が、歩きながら言った。

「そうか」

玄沢は、ゆっくりとした足取りで歩きだした。

いっとき歩くと、彦次の息は収まってきた。

賑やかな永代橋のたもとを過ぎ、相川町に入った。そして、賭場だった仕舞屋の前を通り過ぎ、下駄屋の脇の路地に足をむけた。路地沿いに、島造と稲三郎が出入りしていた小料理屋がある。

ふたりは小料理屋が前方に見えると、

「そば屋を見つけてくだせえ」

彦次が玄沢に声をかけた。

「稲三郎の住家は、そば屋の脇の路地を入った先らしいな」

「へい、島造の話だと、稲三郎は情婦といっしょに住んでるようでさァ」

「確か、そば屋は、小料理屋の手前だったな」

島造の話では、小料理屋から大川の方にむかって一町ほど歩くと、道沿いにそば屋があり、その店の脇の路地を入った先に、稲三郎は住んでいるとのことだった。

「そこに、そば屋があるぞ」

玄沢が指差して言った。

小体なそば屋だった。そう思って見なければ、見逃すかもしれない。店先に暖簾が出ていたが、客はいないらしくひっそりとしていた。その店の脇に、細い路地があった。

「その路地だな。入ってみよう」

玄沢が、先に路地に入った。

路地沿いには、八百屋や下駄屋などの小体な店があったが、人影はまばらだった。

ふたりが、路地を一町ほど歩いたとき、

「そこの家ではないか」

玄沢が言って、通り沿いにあった仕舞屋を指差した。

借家らしい。同じような造りの家が、二棟並んでいた。彦次と玄沢は、二棟並んでいる家の近くまで行ったが、稲三郎がどちらの家に住んでいるか分からなかった。

4

彦次は路地を通りかかった子連れの母親らしい女に、稲三郎の名を出し、どちらの家に住んでいるか、訊いてみた。子供は、五、六歳と思われる男児である。

「知りませんねえ」

女は、首をひねった。

「情婦(いろ)と二人暮らしのはずだ」

彦次が小声で言った。

「それなら、手前の家ですよ。先の家には、子もいますから」

女が急に声をひそめて言い、男児の手を引いて足早にその場を離れた。

「手前の家のようで」

彦次が玄沢に言った。

「踏み込んで、押さえるか」

「情婦がいっしょだと、騒ぎが大きくなりやす。あっしが、稲三郎を戸口に連れ出しやすから、旦那が峰打ちで仕留めてくだせえ」

「承知した」

彦次と玄沢は、手前の家の前まで行った。

ふたりは、足音を忍ばせて戸口に近寄った。家の出入り口の板戸は、しまっていた。人がいるらしく、かすかに人声が聞こえる。

彦次は板戸に身を寄せた。玄沢は彦次の脇に立って刀を抜き、刀身を峰に返した。

家のなかから、男と女のくぐもった声が聞こえた。話の内容は分からなかったが、女のおまえさんと呼ぶ声が聞き取れた。家にいるのは、情婦と稲三郎らしい。

彦次は板戸を軽くたたき、「大変だ！　稲三郎兄い、いやすか」と切羽詰まったような声で言った。

家のなかの話し声がやみ、

「だれでえ！」

　と、稲三郎の声がした。

「島造に頼まれて来やした」

　彦次は、声の主がだれか、稲三郎に気付かれないように掠れ声で言った。

「島造だと。やつは、どこにいるんだい」

　稲三郎の声につづいて、座敷でひとの立ち上がる気配がした。

「近くにいやす。稲三郎兄ぃを連れてきてくれ、と頼まれたんでさァ。早くしねえと、島造が、殺られちまう」

　彦次が、切羽詰まったような声を出した。

　板戸の向こうで、土間に下りる足音がした。そして、足音は板戸のそばに来た。

　彦次は戸口の脇に移動し、稲三郎が顔を出すのを待った。玄沢は抜き身を手にしたまま、彦次のそばに立っている。

　板戸が重い音をたててあいた。

「どこに、いるんだい」

　と、稲三郎が言った。まだ、戸口から顔を出さない。

「ここでさァ」

彦次が、板戸の脇に張り付いたまま言った。

すると、稲三郎が戸口から外に出てきた。そのときだった。玄沢が素早い動きで、稲三郎に身を寄せた。

「てめえは！」

叫びざま、稲三郎は反転して家に飛び込もうとした。

刹那、玄沢が刀身を横に払った。一瞬の太刀捌きである。

皮肉を打つ鈍い音がし、稲三郎が呻き声を上げてよろめいた。玄沢の一瞬の峰打ちが、稲三郎の脇腹を強打したのだ。

稲三郎が腹を押さえて蹲ると、

「動くな！」

玄沢は、稲三郎の鼻先に切っ先を突き付けた。

そこへ、彦次が近寄り、稲三郎の両腕を後ろにとって縛った。稲三郎は苦しげな呻き声を漏らし、彦次のなすがままになっている。

彦次は懐から手ぬぐいを取り出し、稲三郎に猿轡をかました。そのとき、板戸の向こうで、「おまえさん、どうしたんだい」と女の声が聞こえた。

「彦次、稲三郎を連れていくぞ」

玄沢がそう言い、稲三郎を立たせた。

玄沢と彦次が稲三郎を連れて戸口から離れたとき、板戸のあく音が聞こえた。女が外に出てきたらしい。

彦次たちの背後で、

「おまえさん！　どこへ行くんだい」

と、女のうわずった声が聞こえたが、彦次たちは足をとめなかった。

彦次と玄沢は、捕らえた稲三郎を佐賀町にある小屋に連れていった。そこは、彦次の秘密の小屋で、島造を連れ込んで話を訊いた場所である。

彦次たちは、稲三郎を小屋に連れ込むと、

「ここでな、島造からいろいろ話を聞いたんだ」

と、稲三郎を見すえて言った。

「おめえたちか、島造を連れていったのは」

稲三郎は立ったまま、彦次と玄沢に目をやって言った。その顔に、不安と憎悪の入り混じったような表情があった。

「稲三郎、おめえからも話を聞かせてもらうぜ」

彦次はそう言った後、

「政吉を知ってるな」

と、政吉の名を出して訊いた。

「政吉なんてえ男は、知らねえ」

稲三郎が、嘯(うそぶ)いた。

「隠しても駄目だ。島造がな、賭場で遊んだ帰りに、おれを襲うように政吉に頼まれたと言ってたぜ」

「…………」

稲三郎は、口を閉じたまま顔をしかめた。

5

「政吉を知っているな」

彦次が稲三郎を見すえて訊いた。

稲三郎はいっとき顔をしかめて虚空を見すえていたが、無言のままちいさくうなずいた。隠しきれないと思ったらしい。

「政吉は、駒形の甚蔵の子分だな」

彦次は、すでに島造から話を聞いて政吉が甚蔵の子分であることは知っていたが、あらためて訊いたのだ。

「そ、そうだ」

稲三郎が声をつまらせて言った。

「政吉の塒は、どこだい」

「おれは、行ったことはねえが、海辺大工町と聞いている」

「海辺大工町のどこだい」

海辺大工町は、小名木川沿いにひろがっている。ひろい町で、町名が知れただけでは、探しようもない。

「高橋の近くだと聞いた」

高橋は小名木川にかかる橋である。

「長屋かい」

「情婦（いろ）に飲み屋をやらせ、そこにいるようでさァ」

稲三郎は隠さずに話すようになった。すでに、島造が話していることを知って、隠す気が薄れたようだ。

「飲み屋の名は、分かるかい」

彦次が訊いた。店の名が分かれば、すぐにつきとめられる。

「清川屋（きよかわや）でさァ」

「高橋の近くの清川屋か」

彦次はうなずいて、稲三郎から身を引いた。

黙って稲三郎と彦次のやり取りを聞いていた玄沢が、

「ところで、おまえは甚蔵と会ったことがあるのか」

と、稲三郎を見すえて訊いた。

「会ったことはねえ」

すぐに、稲三郎が答えた。

「甚蔵の噂は耳にしているな」

「へい」

「甚蔵は、どこに身を潜めているのだ」

「し、知らねえ」

「子分の政吉の塒は海辺大工町にあるようだが、甚蔵の隠れ家も深川か本所にあるのではないか」

「深川と聞いたことがありやすが」

「深川のどこだ」

　玄沢が、畳み掛けるように訊いた。

「聞いてねえ。深川にいるらしい、と耳にしただけでさァ」

「深川と分かっただけでは、探しようがないな」

　玄沢は、稲三郎の前から身を引いた。

　彦次と玄沢が口をつぐむと、

「あっしを、帰（けえ）してくだせえ。あっしの知ってることは、みんな話しやした」

　稲三郎が、訴えるように言った。

「どこへ、帰（けえ）るんだい」

彦次が訊いた。

「………!」

稲三郎が、戸惑うような顔をして彦次を見た。

「おめえが、おれたちにつかまって口を割ったことは、すぐに仲間たちに知れるぜ。甚蔵の耳にも入るはずだ。甚蔵は、見逃してくれるかい。戻ったら、おめえの命はねえぜ」

「そ、そうかもしれねえ」

稲三郎の声が震えた。

「島造にも、訊いたんだがな。どこか、身を隠すところがあるかい」

「ねえ……」

そうつぶやいて、稲三郎は考え込んだ。

「おれたちは、町方じゃァねえからな。端(はな)から、おめえたちをつかまえる気はねえ。逃げるところがあれば、このまま帰(けえ)してやる」

彦次は、稲三郎が町方に捕らえられれば、自分が飛猿であることも知れるとみていたのだ。

「おくには、あっしのれこになる前、黒江町の一膳めし屋で手伝いをしてやした。あっしは、店の親爺と懇意にしてやすんで、その店にしばらく潜り込んでいやす」

稲三郎が、彦次と玄沢に目をやって言った。

「黒江町のどの辺りだ」

玄沢が訊いた。

黒江町は、富ケ岡八幡宮の門前通り沿いにひろがっている。料理屋や一膳めし屋など飲み食いできる店も多いはずだ。

「八幡橋を渡ってすこし歩くと、笹川ってえ老舗の料理屋がありやす。その脇の路地に入るとすぐでさァ」

稲三郎によると、店先に赤提灯がぶら下げてあり、親爺の名は安五郎だという。

「その店に身を隠して、しばらくおとなしくしてるんだな」

玄沢が言った。

「そうしやす」

稲三郎は、玄沢と彦次に目をやって首をすくめた。

「ここを出たら、すぐにおくにとふたりで、黒江町に行くんだ」

「へい」

「行け」

彦次が、小屋の表戸をあけた。

稲三郎は小屋から出ると、振り返って戸惑うような顔をしたが、足早に大川の方にむかった。大川端の道を、黒江町にむかうのであろう。

「旦那、どうしやす」

彦次が玄沢に訊いた。

「海辺大工町に、行ってみるか」

「政吉を押さえるんですかい」

「そうだ」

玄沢がうなずいた。

6

彦次と玄沢は大川端沿いの道に出ると、川上にむかった。

ふたりは、足を速めた。陽は日本橋の家並の向こうに沈みかけていた。暮れ六ツ(午後六時)に、ちかいようだ。

川沿いの道をいっとき歩くと、前方に小名木川にかかる万年橋が見えてきた。そのの橋のたもとを右手に入った先に、海辺大工町はある。川沿いに長くつづいている町である。

「旦那、陽が沈みやすぜ」

彦次が西の空に目をやって言った。

「今日は、政吉の塒をつきとめるだけだな」

「暗くなる前に、塒が分かるといいんですがね」

彦次は、暗くなったら、無理をせずに明日出直そうと思った。

ふたりは、小名木川にかかる万年橋のたもとまで来ると、

「高橋の近くだったな」

玄沢が歩きながら言った。

「清川屋ってえ、飲み屋ですぜ」

彦次と玄沢は、川沿いの道を東にむかった。しばらく歩くと、前方に、小名木川

にかかる高橋が見えてきた。

　彦次たちは高橋のたもとまで来ると足をとめ、道沿いにある店に目をやった。飲み屋を探したのである。だが、飲み屋らしい店はなかった。

「そこの八百屋で、訊いてきやす」

　彦次は、橋のたもと近くにあった八百屋に足をむけた。店先に親爺らしい男がいて、台の上に並べられた茄子や青菜を片付けていた。店仕舞いを始めたらしい。

　彦次は八百屋の前まで行って、親爺と何やら話していたが、すぐにもどってきた。

「旦那、知れやしたぜ」

　彦次が親爺に聞いた話によると、飲み屋の清川屋は、八百屋の脇の路地を半町ほど行った先にあるという。

「行ってみよう」

　玄沢が言い、先にたった。

　路地には、ちらほら人影があった。仕事帰りの男や子供連れの長屋の女房らしい女などが目についた。

　路地をすこし歩くと、

「あの店ではないか」

玄沢が、路地沿いにあった飲み屋らしい店を指差して言った。

間口の狭い店で、店先に縄暖簾が下がっていた。二階もあった。二階には、政吉と情婦の住む部屋があるらしい。

「店の前まで、行ってみやすか」

彦次と玄沢は、通行人を装って店に近寄った。

店の入口の脇にぶら下がっていた提灯に、「さけ　清川屋」と書いてあった。

「この店ですぜ」

彦次が小声で言った。

「客がいるようだ」

玄沢は店先に目をやった。

店のなかから、男の濁声(だみごえ)と女の嬌声(きょうせい)が聞こえた。客と女将の声であろうか。

彦次と玄沢は店の前を通り過ぎ、いっとき歩いてから路傍に足をとめた。

「どうしやす」

彦次が訊いた。

「いま、店に踏み込むわけにはいかぬな。客がいる。それに、政吉が店にいるかどうかも、はっきりしないのだ」

「出直しやすか」

「いや、店に政吉がいるか確かめよう」

玄沢は、店に政吉がいると分かれば、明日、まだ客がいないうちに店に踏み込んで、政吉を捕らえることもできる、と話した。

彦次と玄沢は、清川屋からすこし離れた店の脇に身を隠した。そこは、店仕舞いした下駄屋らしかった。店のなかで、下駄の台や歯を片付けているような音が聞こえた。

それから半刻（一時間）ほど経ち、辺りが夕闇につつまれてきた。そのとき、店先の縄暖簾をくぐって、ふたりの男が姿を見せた。ふたりとも、職人ふうの男である。早く仕事を切り上げ、清川屋で飲んでいたのかもしれない。

ふたりにつづいて、店の女将らしい年増が姿を見せた。夕闇のなかに色白の顔と首や胸の白い肌が、浮き上がったように見えた。

ふたりの男は店の戸口で、年増に何やら声をかけて、下卑（げび）た笑い声を上げた。

「嫌ですよ、そんな話」と言って、年増がひとりの男の肩先をたたいた。男のひとりが、卑猥なことでも口にしたらしい。

ふたりの男は店先から離れると、ふらつく足で歩き始めた。年増は、ふたりが店先から離れると、すぐに踵を返して店にもどった。

「わしが、ふたりに訊いてみる」

玄沢が言って、その場を離れた。

彦次はその場に残り、玄沢と飲み屋の店先に目をやっていた。

玄沢はふたりの男に何やら声をかけ、いっときふたりと肩を並べて歩いていたが、足をとめて踵を返した。

玄沢は彦次のそばに戻ると、

「政吉は、店にいるようだぞ」

すぐに、言った。

「店で飲んでるんですかい」

彦次が訊いた。

「いや、店ではなく、二階にいるようだ。ふたりの男の話だが、政吉はふだん二階にいて、店が忙しくなると、女将を手伝うこともあるらしい」

「どうしやす」

「まだ、店には客がいるようだし、今夜踏み込むことはできんな」

「明日、出直しやすか」

「客がいないとき、外に連れ出して捕らえたい」

玄沢は、清川屋に目をやって言った。

清川屋から、男の濁声と女将と思われる女の笑い声が聞こえてきた。

7

翌日、彦次と玄沢は、早めに昼めしを食って長屋を出た。むかった先は、飲み屋の清川屋である。

彦次たちは清川屋の近くまで来ると、路傍に足をとめた。

「縄暖簾が出てやすぜ」

彦次が言った。

「まだ、客はいまい」

「あっしが、様子を見てきやす」

そう言って、彦次はひとりで清川屋にむかった。

彦次は店先に近付くと、歩調をゆるめて聞き耳をたてた。店のなかからくぐもったような話し声が聞こえた。男と女が話している。ふたりのやり取りのなかで、「おまえさん」と呼ぶ女の声が聞こえた。つづいて、「おれん」と呼ぶ男の声が聞き取れた。

彦次はそれだけ耳にすると、店の前を離れ、すこし先まで歩いてから踵を返した。

彦次は玄沢のそばにもどると、

「店に、政吉らしい男と、おれんという女がいやした」

そう言ってから、おれんは、女将らしい、と言い添えた。

「客はいないのだな」

玄沢が念を押すように訊いた。

「はっきりしねえが、声が聞こえたのは、ふたりだけでさァ」

「よし、わしが店に踏み込む」

玄沢が言った。

「旦那が、ひとりで踏み込むんですかい」

彦次は驚いたような顔をした。

「そうだ。おそらく、政吉も女将もわしを見たことはあるまい。それに、年寄りとみて、油断するはずだ」

「そうかもしれねえが……」

彦次は、心配になった。玄沢は腕はたつが、狭い店のなかでは存分に刀が遣えないだろう。それに、狭い店のなかでふたりに何か投げ付けられたら、玄沢でも躱(かわ)しきれないのではあるまいか。

「なに、店には入らずに、政吉を外に連れ出す。彦次は逃がさぬように、政吉の後ろにまわってくれ」

「承知しやした」

彦次は、政吉をうまく外に連れ出せば、捕らえられるとみた。

「いくぞ」

玄沢は勇んで、店の戸口にむかった。

彦次は、戸口の脇に身を隠した。政吉が店から出てきたら背後にまわるつもりだった。

玄沢は戸口の縄暖簾をくぐった。なかは薄暗かった。土間に、飯台があった。腰掛けがわりの空き樽に、男がひとり腰を下ろしていた。政吉らしい。

政吉は玄沢を見て、腰を上げた。ただの客ではないとみたらしい。

「いらっしゃい」

と言う女の声が、右手の奥から聞こえた。そこが板場になっているらしい。すぐに、年増が姿を見せた。おれんであろう。

おれんは、玄沢を見て戸惑うような顔をした。老齢の武士と政吉が、顔を見合わせていたからである。

「爺さん、おれに用があるのか」

政吉が玄沢を見すえて訊いた。

「おまえに、訊きたいことがある。外に出ろ」

玄沢が言った。

「断ったら、どうするつもりだい」

「店のなかで、おまえを捕らえる」

「爺さんが、おれを捕らえるだと。気でも触れたのか」

政吉が、薄笑いを浮かべて言った。

「このまま踏み込んで、おまえを取り押さえてもいい。店がどうなっても、わしは知らんぞ」

「何だと！」

政吉が、懐に手をつっ込んだ。匕首が忍ばせてあるようだ。

「お、おまえさん！」

おれんが、声を震わせて言った。

「外で、相手になってやる。爺さん、腰を抜かすなよ」

政吉は薄笑いを浮かべて、戸口に足をむけた。玄沢が年寄りだったので、侮ったようだ。

玄沢は政吉に体をむけたまま後じさり、戸口から外に出た。そして、政吉が外に出られるだけの間をとった。

政吉は店の外に出ると、懐に手をつっ込んだまま玄沢と対峙（たいじ）した。

そのときだった。戸口の脇にいた彦次が、政吉の背後にまわり込んだ。

「待ち伏せか！」

政吉が怒りの声を上げた。

「政吉、観念しろ」

玄沢は刀の柄に右手を添え、抜刀体勢をとった。

「殺してやる！」

政吉は懐に手をつっ込んで、匕首を取り出した。そして、匕首を顎の下に構えた。目がつり上がり、歯をむき出しにしている。牙を剝いた獣のようだ。

「やるしかないな」

玄沢も刀を抜いた。

近くを通りかかった者たちが、玄沢と政吉の手にした刀と匕首を見て、悲鳴を上げて逃げ散った。

彦次も、匕首を手にした。政吉が反転して逃げようとしたら前に立ち塞がって、足をとめるつもりだった。

先に仕掛けたのは、政吉だった。玄沢に切っ先をむけられ、対峙していられなくなったようだ。

政吉は匕首を構えたまま、ジリジリと玄沢との間合を狭めてきた。

ふいに、政吉の足がとまった。一歩踏み込んで匕首を振るえば、玄沢にとどく間合である。

そのとき、玄沢が青眼に構えていた刀を脇に下げて、正面をあけた。誘いである。

玄沢は、政吉が飛び込んでくる一瞬を捉えようとしたのだ。

「死ね！」

叫び声を上げ、政吉がつっ込んできた。

政吉は匕首を振り上げ、玄沢に斬りつけようとした。一瞬、玄沢は右手に体を寄せざま、刀身を横に払った。

政吉の匕首は玄沢の肩先をかすめて空を斬り、玄沢の刀身は政吉の腹を強打した。峰打ちである。

ググッ！　という呻き声を上げ、政吉は匕首を取り落とし、両手で腹を押さえて蹲った。そこへ、彦次が走り寄り、

「こいつは、盗人だ！　町方が、お縄にする」

と、声を上げ、懐から細引を取り出して、政吉の両腕を後ろにとって縛った。彦次は近くにいる野次馬たちに、岡っ引きが政吉を捕らえたと思わせようとしたのだ。

8

彦次と玄沢は、捕らえた政吉を佐賀町にある小屋に連れていった。長屋に連れていくことができなかったので、政吉から話を聞く場はそこしかなかったのだ。

彦次は政吉を小屋に連れ込むと、

「ここは拷問蔵だよ。ここで話を訊いて、口をひらかなかった者はいない」

そう言って、匕首を政吉の顔にむけ、

「まず、親分の居所から訊く。……甚蔵の隠れ家は、どこだい」

と言って、匕首の切っ先を近付けた。

「甚蔵てえのは、だれだい。名を聞いたこともねえ」

政吉が嘯くように言った。

「政吉、隠しても無駄だぜ。おめえに頼まれておれたちを襲った者がな、政吉は、甚蔵の子分だと話したのだ」

彦次は、島造と稲三郎の名は口にしなかったが、政吉にはだれか分かるはずである。

「……………！」

政吉の顔がゆがみ、体が小刻みに顫えだした。

「甚蔵の隠れ家は、どこだい」

彦次が、声をあらためて訊いた。

「し、知らねえ。嘘じゃァねえ。親分は、おれたちにも居所を知らせねえんだ」

政吉が声をつまらせて言った。

「それじゃァ、どうやって、連絡を取り合ってるんだ」

「あ、兄いが、知らせに来る」

「おめえの兄いは、だれだい」

「市造兄いでさァ」

政吉が、肩を落として言った。政吉は隠さなかった。甚蔵の子分と知られたので、
隠しても無駄だと思ったのだろう。

「市造の塒は、どこだい」

市造は甚蔵の子分で、富沢屋と大増屋に押し入った五人のなかのひとりだろう、と彦次はみた。

「六間堀町（ろっけんぼりちょう）でさァ」

「六間堀町のどこだい」

彦次が訊いた。六間堀町は六間堀沿いにひろがっている町である。広い町なので、六間堀町と分かっただけでは、探すのがむずかしい。

「堀沿いに、料理屋がありやす。そこの脇の借家でさァ」

「料理屋の名は」

「名は知らねえが、北之橋の近くでさァ」

北之橋は、六間堀にかかっている。

「市造は、だれと住んでいるのだ」

彦次は、市造が借家にひとりで住んでいるとは思わなかった。

「女房といっしょでさァ」

「女房か」

彦次の胸に、おゆきのことがよぎった。市造の女房も、亭主が盗賊と知らないのではあるまいか。

彦次が口をつぐんでいると、

「わしから、訊いてもいいか」

そう言って、玄沢が政吉の前に立った。

「政吉、五人の仲間のなかに武士がいるな」

玄沢が政吉を見すえて訊いた。

「いやす」

政吉が、小声で言った。

「名は」

「青木左京さまで」

「青木左京な。初めて聞く名だが……」

玄沢は、いっとき記憶をたどるような顔をしていたが、

「牢人か」

と、政吉に目をやって訊いた。

「へい」

「富沢屋と大増屋に押し入ったとき、店の奉公人を斬ったのは、青木だな」

「そうでさァ」

「青木の塒は」

玄沢が声をあらためて訊いた。

「知りやせん。市造の兄いが、青木の旦那とも連絡をとってやす」

「そうか」

玄沢はいっとき間をとった後、

「おまえたちの仲間は五人。頭目が駒形の甚蔵。それに、子分の市造、青木、おまえの三人。残るひとりは」

玄沢が訊くと、政吉は口をつぐんで戸惑うような顔をしていたが、

「飛猿でさァ」

と言って、チラッと彦次に目をやった。

「おい、飛猿はおまえの目の前にいる男だぞ」

玄沢が語気を強くして言った。

政吉は首をすくめ、上目遣いに彦次を見ながら、

「お、親分が、飛猿が仲間にいるように見せかける、と言って、仲間のひとりが、わざと飛猿の真似をして店に入ったんでさァ」

と、声を震わせて言った。

「飛猿に化けたのは、だれだ」

玄沢が訊いた。

「源助ってえやつで、いまも親分のそばにいるはずでさァ」

「源助か。これで、富沢屋と大増屋に押し入った甚蔵一味の五人が知れたわけだ」

そう言って、玄沢が彦次に目をやった。

彦次は顔をしかめ、睨むように政吉を見すえただけで黙っていた。

「なにゆえ、飛猿がいるように見せかけたのだ」

玄沢が、声をあらためて訊いた。

「町方の目が飛猿にむけられれば、あっしらは逃げまわらずにすむとみたんでさァ」

「それだけか」

「飛猿が、同じ盗人のくせに、盗みに入った先に宝船の絵などを置いて持て囃されているのが、気に入らなかったんでさァ」

そう言って、政吉はまた彦次に目をやった。

「おめえたちは、汚え。店の有り金をごっそり奪い、奉公人を殺すなんぞ、盗人の風上にもおけねえ悪事を働いておいて、おれがやったように見せかけやがった」

彦次の顔が、怒りに染まった。

第四章　追跡

1

彦次と玄沢は庄兵衛店を出ると、政吉を連れ込んで話を聞いた小屋にむかった。彦次は屋根葺きらしく、いつもの腰切半纏に黒股引姿だった。玄沢は小袖に軽衫姿で、大小を腰に差している。

彦次たちは、昨日、政吉を長屋に連れてくることができなかったので、縄をかけたまま小屋に残してきた。

玄沢が、可哀相だから、握りめしでも食わせてやろう、と言って、朝のうちに炊いた飯を握って持ってきた。それに、彦次たちの胸の内には、政吉を町方に渡そうという思いもあった。政吉が、富沢屋と大増屋に押し入った賊のなかに飛猿はいないと口にすれば、彦次の濡れ衣は晴れる。ただ、政吉が喋ると、彦次の正体が知れる恐れがあった。

曇天だった。空は厚い雲におおわれている。心なし、通りを行き来するひとの姿がすくないようだった。

彦次と玄沢は小屋の前まで来ると、周囲に目をやり、人影がないのを確かめてからなかに入った。

「し、死んでる！」

思わず、彦次が声を上げた。

政吉は縛られたまま小屋の土間に横たわっていた。目を見開き、口をあんぐりあけたまま死んでいる。政吉の小袖が肩から胸にかけて裂け、どす黒い血に染まっていた。倒れている周辺にも、血が飛び散っている。

「刀で斬られたようだ」

玄沢が言った。

「おれたちが帰った後、殺されたのだな」

「殺ったのは、仲間ではないか」

「あっしも、そうみやした」

彦次が言った。仲間のだれかが、政吉がここに連れ込まれたのを目にし、彦次と玄沢が帰った後、ここに入って殺したのだろう。

「そうなると、わしと彦次が甚蔵たちを探っていることも知っているとみていいな」

「知ってるはずでさァ」

「迂闊に、出歩けないわけだ。一味には、青木左京という武士もいる。隙を見せれば、青木に襲われるぞ」

玄沢が、厳しい顔をして言った。

いっとき、ふたりは血塗れになった政吉に目をやっていたが、

「彦次、どうする」

と、玄沢が訊いた。

「このまま引っ込むわけには、いかねえ。あっしが、賊のひとりになっちまう。……旦那、市造をつかまえやしょう」

彦次は、市造を捕らえ、定廻り同心の島崎に引き渡せば、飛猿が盗賊一味のなかにいなかったことが、はっきりするのではないかと思った。

「六間堀町に行ってみるか」

「そうしやしょう」

　彦次と玄沢は小屋を出た。

　彦次は通りの左右に目をやったが、怪しい人影はなかった。ふたりは、大川端沿いの通りに出てから川上に足をむけた。

　小名木川にかかる万年橋を渡ると、たもとを右手に折れ、紀伊家の下屋敷の脇を通って、六間堀沿いの道に出た。そして、北に足をむけた。

　ふたりは御籾蔵（おもみぐら）の裏手を通り過ぎ、六間堀沿いの道を北にむかって歩いた。道沿いに、町家がつづいている。さらに歩くと、前方に六間堀にかかる北之橋が見えてきた。その橋のたもと辺りから、六間堀町である。

「政吉は、料理屋があると言ったな」

　玄沢は足を速めた。

　ふたりは橋が近付くと、通り沿いの料理屋を探した。

「旦那、そこに料理屋らしい店がありやすぜ」

　彦次が、道沿いにある店を指差して言った。

二階建ての店だった。客がいるらしく、二階からも嬌声や男の談笑の声などが聞こえてきた。

店先まで行くと、入口の脇の掛け行灯に、「御料理　繁田屋」と書いてあった。

「借家はないな」

玄沢が繁田屋の脇に目をやって言った。

「あれかもしれねえ」

彦次が、繁田屋からすこし離れた場所にある仕舞屋を指差して言った。繁田屋の脇に路地があり、その先が広い空き地になっていた。その空き地の一角に、同じ造りの仕舞屋が、二軒建っていた。政吉が口にしたとおり、借家らしい。

彦次と玄沢は、仕舞屋の近くまで来て路傍に足をとめた。

「市造の塒は、どっちかな」

彦次が言った。

「あの娘に、訊いてみよう」

玄沢が繁田屋の脇の路地に目をやって言った。ふたりの町娘が、何やら話しながら歩いてくる。

玄沢はふたりの娘に近付いて言葉を交わしていたが、すぐにもどってきた。

「彦次、知れたぞ。手前の家のようだ」

玄沢が、娘から聞いた話として、先の家には繁田屋の板場をまかされている料理人が住んでいると言った。

「旦那、あっしが、家にいるかどうか、探ってきやすぜ」

彦次はそう言い残し、二軒並んでいる借家に足をむけた。

彦次は市造の塒らしい借家の前まで行くと、戸口に近付いて歩調をゆるめた。家のなかから、かすかに足音と、障子をあけしめするような音が聞こえた。話し声は、聞こえてこなかった。

……ひとりしかいねえ。それも、女だ。

彦次は胸の内でつぶやいた。

彦次は盗みに入ったとき、足音や声から、男か女か、そこに何人いるかなどを聞き分けることができた。ここでも、足音だけで家のなかにいる者のことを聞き取ったようだ。

彦次は踵を返して、玄沢のそばにもどった。

「旦那、家に市造はいねえようだ」

彦次が言った。

「そうか」

「どうしやす」

「いったん、長屋に帰るか。陽が沈むころ出なおせば、帰っているかもしれん」

「そうしやすか」

彦次と玄沢は踵を返して、来た道を引き返した。


彦次と玄沢が、市造の住む借家から半町ほど遠ざかったとき、借家の脇から男がひとり通りに出てきた。市造である。市造は彦次と玄沢が家の近くで話しているとき、繁田屋の脇の路地から通りに出るところだった。そのとき、彦次たちの姿を目にしたのだ。

市造は一町ほども間をとって、彦次たちの跡を尾け始めた。

彦次と玄沢は、市造に気付かなかった。自分たちが尾行されているなどとは、思ってもみなかったのだ。

市造は、彦次たちが庄兵衛店の路地木戸から入るのを目にすると、
……この長屋に、住んでるのかい。
とつぶやき、踵を返した。そして、来た道を足早にもどった。

2

彦次と玄沢は昼めしを、大川端沿いにある一膳めし屋で食い、一休みしてからふたたび六間堀町へむかった。

彦次たちが六間堀町にむかっているとき、一町ほど後ろから尾けている男がふたりいた。市造と牢人体の武士だった。武士は、青木左京である。

青木は小袖を着流し、大刀を一本落とし差しにしていた。無頼牢人ふうだった。

ふたりは、彦次たちに気付かれないよう間をとって尾けていく。

彦次と玄沢は、市造と青木に跡を尾けられていることに気付かず、紀伊家の下屋敷の脇を通って、六間堀沿いの道に出た。

これを見た市造は青木に身を寄せ、

「旦那、やつら、おれの塒を探りに行くようだ」

と、小声で言った。

「先回りして、始末するか」

青木が言った。

「相手はふたり、こっちもふたりですぜ」

「ふたりといっても、ひとりは年寄りだ。あの年寄りは、おれが斬る。おまえは、飛猿を殺れ」

「へい」

市造が目をひからせて応えた。

ふたりは、万年橋のたもとで分かれた。青木は彦次たちと同じ六間堀沿いの道に出て、跡を尾け始めた。

一方、市造は小走りに大川端の道をそのまま北にむかった。そして、御籾蔵の前を通り過ぎてから右手の道に入った。彦次たちの前に出るつもりなのだ。

彦次と玄沢は尾行者には気付かないまま、六間堀沿いの道を北にむかっていく。

前方に、六間堀にかかる北之橋が見えてきた。

「彦次、後ろの武士、わしらの跡を尾けているようだぞ」

玄沢が彦次に身を寄せて言った。玄沢は、六間堀沿いの道をいっとき歩いてから、背後から来る武士に気付いたのだ。

「青木かもしれねえ」

彦次がそれとなく振り返って言った。

「相手は、ひとりだ。何か仕掛けてきたら返り討ちにしてやろう」

ふたりは、そんなやり取りをしながら歩いた。


前方に、繁田屋が見えてきた。彦次が振り返ると、背後から来る武士との間がつまっていた。武士は足を速め、彦次たちに迫ってくる。

彦次と玄沢が、繁田屋の前を通り過ぎたときだった。背後から来る武士が、小走りになった。

「前から来る！」

彦次が声を上げた。

市造の塒である借家の脇から、男がひとり飛び出してきた。市造である。市造の右手の先が青白くひかっている。匕首を手にしているようだ。

「彦次、堀を背にしろ！」

玄沢が声をかけた。

ふたりは、すぐに堀を背にして立った。前後から攻撃されるのを防ごうとしたのである。

近くを通りかかった男や女が、悲鳴を上げて逃げだした。市造の手にした匕首を目にしたからだ。

玄沢の前には、牢人体の武士が立った。武士は、肩幅のひろいがっちりした体付きをしていた。三十がらみであろうか。面長で細い目をしている。その目が、刺すようなひかりを放っていた。

「うぬが、青木右京か」

玄沢が武士を見すえて言った。

「名まで知られたからには、生かしておけん」

青木は、刀の柄に右手を添えた。

すかさず、玄沢も左手で刀の鯉口（こいぐち）を切り、右手を柄に添えて抜刀体勢をとった。

玄沢が喘ぎながら言った。

「市造にも、逃げられやした」

彦次が、玄沢の背を擦ってやりながら言った。

玄沢の息の乱れが収まると、ふたりは市造の住む借家に行ってみた。市造と青木はいないようだった。

彦次が戸口に身を寄せて聞き耳を立てると、家のなかから聞こえたのは、女の足音だけである。

4

「あたし、男に跡を尾けられたような気がするんです」

おゆきが不安そうな顔をして言った。

朝めしの後だった。彦次は、おゆきが淹れてくれた茶を座敷で飲んでいた。おきくはおゆきの脇に座って、彦次に目をむけている。

「どういうことだ」

彦次が訊いた。

「昨日（きのう）、通りの八百屋さんに青菜を買いに行った帰りに、男があたしの跡をずっと尾けてきたんです」

長屋の路地木戸の前の通りに、八百屋があった。おゆきは、その八百屋に買い物に行ったらしい。

「どんな男だ」

彦次の胸に、市造のことがよぎった。

「手ぬぐいで頰っかむりしていたので、顔は見えなかったけど、遊び人のような感じでした」

「路地木戸から入ってきたのか」

「あたしが、路地木戸の近くまで来たら、帰ったけど……」

「その男、人違いと気付いたのかもしれねえ。ちかごろ物騒だ。おきくもそうだが、陽が沈んだら、長屋から出ないようにしろ」

彦次は、ふたりに目をやって言った。

おゆきとおきくは、顔を見合わせてうなずいた。顔に不安そうな色がある。

「玄沢さんのところに行ってくる」

　そう言って、彦次は腰を上げた。おゆきが、遊び人ふうの男に跡を尾けられたことを玄沢に話しておこうと思ったのだ。

　玄沢は、座敷で茶を飲んでいた。玄沢も朝めしの後らしい。

「どうした」

　すぐに、玄沢が訊いた。

「ちょいと、気になることがありやして」

「まァ、上がれ」

「へい」

　彦次は、土間から座敷に上がった。

「茶を飲むか」

「いま、飲んできたところで」

「そうか。ところで、何があったのだ」

　玄沢が声をあらためて訊いた。

「女房が、男に跡を尾けられたらしいんで」

そう言って、彦次はおゆきから聞いた話をかいつまんで話した。

黙って聞いていた玄沢は、彦次の話が終わると、

「そやつ、市造かもしれんぞ」

すぐに、顔を厳しくして言った。

「あっしも、そんな気がしやしてね。心配になったんでさァ」

「市造は彦次を探っていて、おゆきのことを知ったのかもしれん」

「女房と娘に手を出すと思うと、長屋を離れることもできねえ」

彦次が不安そうな顔をした。

「脅しだな。おれたちから手を引かなければ、女房と娘に手を出す、と脅したにちがいない。そうでなければ、おゆきの跡を長屋まで尾けてきたりせずに、途中で攫(さら)ったろうからな」

「…………」

彦次が無言でうなずいた。

「だがな、彦次がこのまま駒形の甚蔵を追い続ければ、おゆきにも手を出すかもしれんぞ」

「まずいな」

「彦次、どうする。甚蔵から手を引くか」

　玄沢が声をあらためて訊いた。

「できねえ。甚蔵は店に押し入って奉公人を殺しただけでなく、あっしを一味のひとりとみせて、八丁堀の目をあっしにむけさせようとしてるんだ。このままだと、あっしがお縄になっちまう」

　彦次の顔に、怒りの色が浮いた。

「それなら、甚蔵の居所をつかんで、島崎どのに知らせるしか手はないな」

　玄沢が言った。彦次と玄沢は、甚蔵の居所をつかんだら、定廻り同心の島崎に知らせ、島崎の手で捕らえてもらうつもりだった。ただ、甚蔵たちの出方によっては、彦次と玄沢が、甚蔵を討ち取ることになるかもしれない。

「そうしやす」

　彦次がうなずいた。

　その日、彦次と玄沢は昼を過ぎてから長屋を出た。むかった先は、六間堀町である。市造の塒を見張り、市造を捕らえるか跡を尾けるかして、甚蔵の居所をつきとめるつもりだった。

彦次と玄沢は、市造の塒である借家のそばまで来ると、通行人を装って家の前まで行ってみた。

家のなかでかすかに足音がし、つづいて障子をあける音が聞こえた。

「女ですぜ」

彦次が声を殺して言った。

玄沢は無言でうなずき、家の前から離れた。ふたりは、家から半町ほど離れてから路傍に足をとめた。

「家にいたのは、女だけですぜ」

彦次が言った。

「しばらく、様子をみるか」

「へい」

彦次と玄沢は、借家からすこし離れた路傍の樹陰に身を隠した。その場から、借家を見張るのである。

市造も仲間と思われる者も、なかなか姿を見せなかった。陽が西の家並の向こうに沈み、樹陰には淡い夕闇が忍び寄っていた。

「交替で、夕めしでも食ってきやすか」

「そうだな。……彦次が、先に行け。わしが見張っている」

「すぐ、帰ってきやす」

彦次が樹陰から出ようとした。その足がとまり、彦次は身を乗り出すようにして通りの先に目をやった。

「来やす、市造が！」

彦次は慌てて樹陰にもどった。

「ふたりか」

玄沢が言った。

通りの先に、市造と牢人体の武士の姿が見えた。武士は、青木らしい。

5

市造と青木は借家の前まで来ると、足をとめ、周囲に目を配ってから板戸をあけて家に入った。

彦次と玄沢は樹陰にとどまり、市造たちが入った家に目をやっていた。市造も青木も、なかなか姿を見せなかった。

辺りは暮色につつまれ、借家からは淡い灯が洩れていた。通りを行き来する人の姿も途絶えている。

「旦那、どうしやす」

彦次が訊いた。

「市造はともかく、青木は姿を見せるはずだがな」

玄沢が借家に目をむけたまま言った。

それから、小半刻（三十分）も経ったろうか。借家の板戸があいて、人影が戸口から出てきた。市造と青木である。ふたりは戸口で何やら話していたが、青木だけが戸口から離れた。市造はその場に立って青木を見送っている。

「旦那、尾けやすか」

彦次が訊いた。

「尾けよう」

ふたりは、青木の姿が遠くなるのを待って樹陰から出た。

青木は、六間堀沿いの道を北にむかって歩いていく。

尾行は楽だった。青木は振り返って背後を見なかったし、夕闇が彦次たちの姿を隠してくれたのだ。

「どこへ行く気ですかね」

歩きながら、彦次が訊いた。

「分からぬ。ともかく、跡を尾ければ、行き先も知れるはずだ」

ふたりはそんなやり取りをしながら足を速め、青木との間をつめた。夕闇が濃くなり、青木の姿が見えにくくなったのだ。

青木は、竪川沿いの道に突き当たった。そこは六間堀にかかる松井橋のたもとでもあった。青木は橋のたもとを左手に折れて、竪川沿いの通りに出た。その辺りは、松井町一丁目である。

彦次と玄沢は、足を速めた。青木の姿が見えなくなったからだ。ふたりが松井橋のたもとまで来て、左手に目をやると、青木の後ろ姿が見えた。青木は懐手をして、大川の方にむかって歩いていく。

松井橋のたもとから一町ほど歩いたとき、青木は小料理屋ふうの店の前で足をとめた。店の入口から淡い灯が洩れている。

青木は店に入った。客がいるらしく、男の濁声と嬌声が聞こえた。

彦次と玄沢は、足音をたてないように店に近付いた。入口の格子戸の脇に、掛看板が出ていた。「御料理、川澄屋」と記されていた。やはり、小料理屋である。

彦次と玄沢は、小料理屋の前で足をとめた。

「どうしやす」

彦次が訊いた。

「すぐには、出てこないな。……さて、どうするか」

玄沢は首を捻った。

「話の聞けそうな客が出てくるのを待ちやすか」

彦次は、せっかくここまで跡を尾けてきたので、青木の塒だけでもつかみたかった。

「しばらく待つか」

「そこの石段は、どうです」

彦次が、川岸にある石段を指差して言った。石段は、竪川の岸際にある船寄につづいている。

ふたりは、石段の隅に腰を下ろした。そこから首を捻れば、川澄屋の店先を見ることができる。

川面を渡ってきた微風が、尾行をつづけてきて汗ばんだ彦次たちの肌を心地好く撫でていく。

ふたりがその場に来て、半刻（一時間）も経ったろうか。辺りが夜陰につつまれたころ、川澄屋の入口の格子戸があいた、

姿を見せたのは、ふたりの職人ふうの男と女将らしい年増だった。ふたりの男は店の入口で、女将と何やら話した後、通りに出た。そして、彦次たちのいる方に何やら話しながら歩いてきた。

彦次はふたりが通り過ぎるのを待って、

「あっしが、訊いてきやす」

と言い残し、石段から通りに出た。

彦次は足早に歩いて、ふたりの男に近付き、

「ちょいと、訊きてえことがあるんだが」

と、声をかけた。

「おれたちかい」

大柄な男が、足をとめて訊いた。もうひとりの痩身の男も足をとめた。ふたりとも酔っているらしく、体がすこし揺れている。

「川澄屋から出てきたのを見掛けたんだがな」

彦次が言った。

「一杯やった帰りよ」

痩身の男が、顎を突き出して言った。

「二本差しが、店に入ったのを見掛けたが、青木の旦那じゃァねえかい」

彦次は、青木の名を出した。

「そうだよ。おめえ、青木の旦那と知り合いかい」

「知り合いってほどじゃァねえが、他の飲み屋でいっしょになったことがあるのよ。それで、青木の旦那は、よく川澄屋に来るのか」

「来るようだ」

瘦身の男が、大柄な男と目を合わせて、ニヤリとした。

「青木の旦那は、ただの客じゃァねえな。女将の情夫(いろ)かい」

彦次が、瘦身の男に身を寄せて訊いた。

「そうよ。青木の旦那は、あの店で寝泊まりしてるようだぜ。今夜辺りは、ふたりでしっぽりだろうよ」

瘦身の男は大柄な男に目をやり、口許に薄笑いを浮かべた。

「青木の旦那も、隅に置けねえな」

そう言って、彦次は足をとめた。これ以上、ふたりから訊くことはなかったのである。

6

彦次は玄沢のいる場にもどり、

「青木は、小料理屋の女将の情夫のようですぜ」

と、すぐに言った。

「今夜は、小料理屋に泊まるわけか」

「今夜だけじゃァねえようで」

「青木の居所をつかんだわけだな」

「どうしやす」

「今夜は、青木も店から出歩くようなことはあるまい」

玄沢は石段から腰を上げた。

彦次と玄沢は、庄兵衛店にもどる道々、明日どうするか相談した。その結果、川澄屋を見張り、青木が姿を見せたら跡を尾けることにした。それというのも、青木は身をひそめている川澄屋を出て、市造の許ではなく他の仲間の所へも行くとみたのだ。他の仲間となれば、源助か親分の甚蔵ということになる。源助は甚蔵のそばにいることが多いので、どっちにしろ、甚蔵の居所がつかめるのではあるまいか。

翌日、彦次は朝めしを食べ終えると、玄沢の家に立ち寄った。いつものように屋根葺きの仕事に出る恰好である。

玄沢は、まだ朝めしを食べていた。

「彦次、いっしょにどうだ」

玄沢が声をかけた。

「あっしは、食ってきやした」

彦次は、座敷に上がらずに上がり框に腰を下ろした。座敷に上がると、長くなるとみたのである。

「すぐに、食い終える」

玄沢は、茶碗の飯をいっきに掻き込んだ。

そして、空になった茶碗を流し場に持っていき、柄杓で水瓶の水を汲んで、喉を鳴らして飲んだ。

フウ、と玄沢は一息ついてから、

「彦次、行くか」

と、声をかけた。

ふたりは庄兵衛店を出ると、仙台堀沿いに大川端の道に出た。そして、川上に足をむけた。

新大橋のたもとを過ぎ、御舟蔵の脇を通って、竪川にかかる一ツ目橋のたもとに来た。

「こっちでさァ」

そう言って、彦次が先にたち、竪川沿いの道を東にむかった。

しばらく歩くと、松井町一丁目に入り、小料理屋の川澄屋が見えてきた。ふたりは、川澄屋の近くまで行って、店先に目をやった。

「店は、ひらいてるようですぜ」

彦次が言った。川澄屋の店先に、暖簾が出ていたのだ。

「まだ、客はいないようだ」

玄沢が店の脇まで来て足をとめた。

店内から、人声は聞こえなかった。洗い物でもしているらしく、瀬戸物の触れ合うような音と水音が聞こえるだけである。

「どうしやす」

彦次が訊いた。

「青木が出てくるまで、待つしかないな」

玄沢が言った。ふたりは、青木が店から姿を見せたら跡を尾けて行き先をつきとめるつもりだった。

玄沢と彦次は、昨日、川澄屋を見張った船寄につづく石段に腰を下ろした。そこから、川澄屋の店先に目をやった。

「気長に待つしかあるまい」

玄沢が言った。

幸い、今日は曇っていた。強い陽射しを長時間浴びずに済む。ときおり、ひとや荷を乗せた猪牙舟が竪川を通っていく。

彦次と玄沢がその場に来て、一刻（二時間）ほど経った。この間に、客がふたりだけ川澄屋に入った。ふたりとも、遊び人ふうの男である。

「姿を見せぬな」

玄沢がうんざりした顔で言った。

彦次が、両手を突き上げて伸びをしたときだった。川澄屋の格子戸があいて、男が姿をあらわした。

「やつだ！」

彦次が声を上げた。

姿を見せたのは、青木である。青木は、川澄屋の店先で通りの左右に目をやってから、竪川沿いの通りを東にむかって歩きだした。

彦次と玄沢は、青木の姿が遠ざかってから竪川沿いの通りに出た。そして、青木の跡を尾け始めた。

彦次が先にたち、玄沢はすこし間をとって歩いた。青木が振り返って見ても気付かれないように、先を行く彦次は玄沢から半町ほども距離をとっていた。

青木は六間堀にかかる松井橋を渡り、さらに東にむかった。どうやら、六間堀町に行くのではないようだ。

青木は竪川にかかる二ツ目橋のたもとまで来たとき、右手に折れた。そこに道があるらしい。

彦次は走った。青木の姿が見えなくなったからである。背後から来る玄沢も、走りだした。

彦次は、青木が右手にまがった道の前まで来ると、足早に歩いていく青木の後ろ姿を目にした。

青木は、通りを南にむかっていく。

彦次は青木に気付かれないように、通り沿いの店の陰や通行人の背後にまわったりして跡を尾けた。

青木は、背後を振り返って見るようなことはなかった。ここまで尾行してくる者はいない、と思っているのだろう。

しばらく歩くと、武家屋敷が途絶え、通りの左右には店屋が並んでいた。行き交うひとのほとんどが、町人である。武家地から町人地の北森下町（きたもりしたちょう）に入ったのだ。

前を行く青木は、北森下町へ入ってしばらく歩いてから、板塀をめぐらせた二階建ての仕舞屋の前に足をとめた。通りに面したところに、吹き抜け門があった。丸太を二本立てただけの簡素な門だが、門扉もついていた。

青木は門の前まで来ると、通りの左右に目をやってから門扉をあけた。門扉の閂（かんぬき）は、外してあったようだ。

青木は仕舞屋の戸口に立ち、何やら声をかけてから板戸をあけてなかに入った。

7

「ここが、甚蔵の隠れ家かもしれねえ」

彦次が言った。

「近付いてみるか」

彦次と玄沢は通行人を装って仕舞屋の前まで行き、門扉の間からなかを覗いた。入口の戸はしまっている。

家のなかから、かすかに足音や障子をあけしめするような音が聞こえたが、話し声は聞こえなかった。

彦次と玄沢は吹き抜け門の前を通り過ぎ、いっとき歩いてから路傍に足をとめた。

「甚蔵がいるかどうか、はっきりしないな」

玄沢が言った。

「近所で、訊いてみやすか」

「そうだな。近所に住む者なら、住人のことを知っているかもしれん」

彦次と玄沢は、青木が入った仕舞屋の前を離れた。そして、一町ほど歩いたところにあった八百屋に目をとめた。

店先で、親爺が茄子を手にした年配の女と話していた。女は茄子を買いに来て、世間話を始めたらしい。

「いくぞ！」

言いざま、玄沢が刀を抜いた。

青木も抜刀して青眼に構えると、剣尖を玄沢の目線につけた。

玄沢も相青眼に構え、剣尖を青木にむけた。

「できるな！」

青木の顔に、驚きの色が浮いた。年寄りとみて侮っていた玄沢の構えを見て、剣の遣い手と分かったようだ。

青木と玄沢の間合は、およそ三間――。まだ、一足一刀の斬撃の間境の外である。

一方、彦次は市造と対峙していた。ふたりとも匕首を手にして、向かい合っていた。ふたりの間合は、二間半ほどだった。

「てめえ、飛猿だな」

市造が彦次を見すえて言った。

「てめえは、やり方の汚え盗人かい」

彦次が罵るように言った。

「殺してやる！」

市造が目をつり上げて声を上げた。市造の手にした匕首が、小刻みに震えていた。体も硬くなっている。おそらく、こうした殺し合いの経験はないのだろう。

彦次も同じだった。手にした匕首が震えている。

ふたりは、二間半ほどの間合をとったまま動かなかった。

「こねえなら、いくぜ！」

彦次が先に動いた。匕首を構えたまま足裏を摺るようにして、市造との間合を狭め始めた。

市造は、匕首を構えたまま動かなかった。彦次との間合が狭まっていく。

ふいに、彦次が寄り身をとめた。一歩踏み込めば、匕首がとどく間合である。

と、彦次が手にした匕首を振り上げた。踏み込みざま斬りつけようとしたのだ。

これを見た市造は一歩身を引こうとした。そのとき、市造の腰が浮き、構えがくずれた。この一瞬を、彦次がとらえた。

彦次は踏み込みざま、手にした匕首を袈裟に払った。匕首の切っ先が、市造の右の二の腕をとらえた。

ザクリ、と市造の袖が裂け、露になった二の腕から血が噴いた。市造は喉を裂くような悲鳴を上げ、後ろに逃げた。

3

市造の悲鳴が響いたとき、玄沢は青木と対峙していた。ふたりの構えは、相青眼である。

イヤアッ！

突如、青木が裂帛の気合を発しざま斬り込んだ。

踏み込みざま、青眼から真っ向へ――。

刹那、玄沢は青眼に構えた刀身を撥ね上げた。

二筋の閃光がふたりの眼前で合致し、甲高い金属音とともに青火が散った。ふたりの刀身が、弾き合ったのだ。次の瞬間、ふたりは後ろに跳んだ。ふたりとも、相手の二の太刀を恐れたのである。

青木は青眼に構え、玄沢に目をやると、

「爺さん、やるな」

と、低い声で言った。

玄沢は相青眼に構えをとった。玄沢の顔にも、驚きの色があった。青木がこれほど遣うとは、思っていなかったのだろう。

「おぬしも遣い手のようだ」

玄沢の顔が、ひき締まっていた。全身に気勢が漲(みなぎ)り、老いを感じさせない覇気があった。

ふたりの間合は、およそ二間半――。さきほどより、間合が狭まっている。

だが、ふたりは、すぐに仕掛けなかった。斬撃の気配を見せたまま気魄(きはく)で攻め合っている。気の攻防といってもいい。

どれほどの時が流れたのか。ふたりには、時間の経過の意識がなかった。それだけ、気魄で敵を攻めることに集中していたのだ。

そのとき、玄沢の足元で、チリッ、という音がした。わずかに前に出た玄沢の足指が、小石を踏んだのである。

その音で、ふたりをつつんでいた剣の磁場が裂けた。

と叫ぶや、匕首の切っ先を前にむけて飛び込んできた。

咄嗟に、彦次は右手に大きく跳んだ。

市造はそのまま彦次の左手に踏み込み、彦次との間があくと、足をとめずに走りだした。逃げたのである。

一瞬、彦次は立ったまま市造に目をやったが、

「逃げるか！」

叫びざま、市造の後を追った。

彦次は、なかなか市造に追いつけなかった。市造は追いつかれたら殺されるとみて、必死になって逃げた。

彦次は、半町ほど市造の後を追って足をとめた。追うのを諦めたのだ。彦次は、玄沢と青木に目をやった。ふたりは、相青眼に構えたまま対峙している。

青木は市造が逃げたのを目の端でとらえると、「市造は逃げたか」とつぶやき、後ずさって玄沢との間合をとった。

玄沢は素早い動きで青木との間合をつめた。

すると、青木は全身に斬撃の気配を見せ、イヤアッ！　と甲走った気合を発し、青眼から上段に振りかぶった。

玄沢は寄り身をとめ、青眼に構えた剣尖を、青木の柄を握った左拳（ひだりこぶし）につけた。上段に対応する構えである。

だが、青木はすばやい動きでさらに身を引き、玄沢との間合があくと、反転した。そして、抜き身を手にしたまま走りだした。逃げたのである。

一瞬、玄沢は棒立ちになったが、

「待たぬか！」

と、声を上げ、青木の後を追った。

だが、玄沢と青木の間はひろがるばかりだった。老齢の玄沢は、走るのが苦手だった。すぐに、息が上がり、足がもつれた。

玄沢は追うのを諦めて足をとめた。路傍に立ったまま、ゼイゼイと喘（あえ）ぎ声を上げている。

そこへ、彦次が走り寄った。

「に、逃げられた……」

彦次は、年配の女が店先から離れたのを見て、

「店の親爺に、訊いてきやす」

と言い残し、足早に八百屋にむかった。

「ちょいと、訊きてえことがあるんだがな」

彦次が、親爺に声をかけた。

「なんです」

親爺が、怪訝な顔をした。いきなり、顔を見たこともない男に声をかけられたからだろう。

「そこに、金持ちの隠居所みてえな家があるな」

「ありやすが」

「だれが住んでるか、知ってるかい。……おれがむかし奉公した旦那が隠居して、この辺りに住んでると聞いたもんでな」

彦次は、作り話を口にした。

「呉服屋の御隠居さんだと、聞いてるよ」

親爺は、手にしていた茄子を店先の台の上に置いた。

「どこの呉服屋だい」

「さァ、呉服屋と聞いただけで、店がどこにあるのか知らねえな」

「隠居所が建ったのは、いつごろだい」

「ずいぶん前から建ってたが、いま住んでる御隠居さんが住むようになったのは、十年ほど前かな」

「十年ほどな」

それ以前から、甚蔵は盗みを働いていたはずなので、家を買い取る金は持っていただろう、と彦次は思った。

「御隠居さんの名を聞いてるかい」

「聞いてねえなァ」

親爺は、首をひねった。

「手間をとらせたな」

そう言い残し、彦次は八百屋の店先から離れた。

彦次は玄沢に八百屋の親爺から聞いたことを話した後、

「家のなかの様子を探ってみやすか」

と、言い添えた。

「どうするのだ」

「板塀の陰で、盗み聞きするんでさァ」

「いいだろう」

玄沢は乗り気になった。

彦次と玄沢は、通りに人影が途絶えるのを待ち、足音を忍ばせて板塀の陰にまわった。ふたりが板塀に身を寄せて聞き耳を立てると、家のなかで廊下を歩くような足音や障子をあけしめする音が聞こえたが、話し声はしなかった。家に入った青木の他に、だれがいるのか分からなかった。

彦次たちは小半刻（三十分）ほど、その場で家のなかの様子を窺っていたが、甚蔵がいるかどうかはっきりしなかった。

彦次たちは路地にもどり、仕舞屋から離れると、

「甚蔵がいるかどうか、知りたいな」

玄沢が言った。

彦次は虚空に目をむけて黙考していたが、

「家のなかに、忍び込むしかねえな」

と、つぶやくような声で言った。

「彦次、家に忍び込むといっても、甚蔵たちが住んでいるのだぞ。見つかったら、命はない」

玄沢が、顔を厳しくした。

「旦那、あっしは飛猿ですぜ。甚蔵たちに、猿の腕を見せてやりまさァ」

彦次の虚空にむけられていた双眸が、燃えるようにひかっている。

「いずれにしろ、腹拵え（はらごしら）をしておこう」

玄沢が言った。

「それがいい」

彦次と玄沢は路地沿いにあった一膳めし屋に入った。彦次は腹拵えをし、暗くなるのを待って、仕舞屋に忍び込むつもりだった。

彦次と玄沢が一膳めし屋を出ると、辺りは夕闇に染まっていた。通り沿いの店屋の多くが、商いを終えて表戸をしめていた。通りの人影もすくなくなり、ときおり仕事帰りの男が通ったりするだけである。

「まだ、早いな」

彦次は、辺りが深い夜陰につつまれてから忍び込むつもりだった。

それから、彦次たちは物陰から仕舞屋を見張り、夜が更けるのを待った。

8

四ツ（午後十時）ごろであろうか。通り沿いの店から洩れていた灯も消え、辺りは夜陰につつまれていた。いつの間にか、空を覆っていた雲が消え、頭上に月が出ていた。月明かりで、仕舞屋の黒い輪郭をはっきりと見ることができた。灯は消え、ひっそりと静まっている。

彦次は懐から黒布を取り出し、頰っかむりした。そして、草鞋を脱いで裸足（はだし）になると、仕舞屋を囲った板塀に手をかけ、ヒョイと飛び付き、片足を塀の上にかけた。次の瞬間、彦次の体が空に浮いた。そして、彦次は塀の向こう側に飛び下りた。着地したとき、かすかな音がしたが、家にいる者の耳にはとどかなかっただろう。

「旦那、そこにいてくだせえ。すぐに、もどりやす」

彦次の声が、板塀の向こうからかすかに聞こえた。

彦次は板塀から離れると、家の脇の柿の木にむかった。

彦次は板塀の外にいるときから、その柿の木に目をつけていた。太い枝が、一階の屋根まで伸びている。その柿の木を登り、一階の屋根に飛び移るつもりだった。

彦次が盗みに入るとき、多くの場合、店の脇にある建て看板をよじ登って屋根に飛び移っていたが、いまは柿の木を利用するのだ。

彦次は柿の木から一階の屋根に飛び移ると、二階の部屋に近付いて雨戸を調べた。脇の一枚がすこしあいていた。戸締まりはしていないらしい。商家の場合、二階も戸締まりがしてあるが、町人の住居は、雨戸がしめてあるだけのこともある。

彦次は音がしないように雨戸をあけた。そこは、座敷になっていた。ひっそりとして人のいる気配はなかった。

彦次は座敷に入ると、廊下側の障子に身を寄せて聞き耳をたてた。隣の座敷から、かすかに寝息の音がした。だれか、寝ているらしい。

彦次は廊下に出た。廊下は暗かったが、夜目のきく彦次は夜陰にとざされた廊下でも、障子や壁などを識別することができた。

隣の座敷も、廊下側は障子がたててあった。寝ているのは、ひとりらしかった。大きな鼾が聞こえた。

彦次は隣の座敷の前まで行くと、障子の隙間からなかを覗いた。なかは暗かったが、なんとか見てとることができた。

寝ているのは、男だった。布団の脇から露になった足が、外に出ていた。闇のなかに白く浮き上がったように見えた。枕元に、大刀が置いてある。

……武士だ！

彦次は胸の内で声を上げた。寝ているのは青木である。今日は帰らずに、ここに泊まったらしい。

彦次は足音を忍ばせて座敷の前から離れ、廊下の突き当たりにある階段を下りた。階段は漆黒の闇に閉ざされていたが、手探りで一階に出ることができた。

階段を下りたところが、狭い板間になっていた。板間の右手に、奥につづく廊下があった。

彦次は廊下に出た。廊下に面して障子がたててあった。座敷になっているらしい。座敷から鼾が聞こえた。だれか、寝ているようだ。

障子が仄（ほの）かに明らんでいる。座敷に明かり取りの窓があるのだろう。

彦次は足音を忍ばせて廊下を歩き、障子の隙間から座敷を覗いた。布団が敷いてあり、男がひとり寝ていた。明かり取りの窓から入った仄かな月明かりのなかに、男の顔がぼんやりと浮き上がっていた。初めて見る顔である。

男は小柄だった。はっきりしないが、歳は三十がらみに見えた。

……源助らしい。

彦次は胸の内でつぶやいた。

頭目の甚蔵は、大柄で四十がらみと聞いていた。寝ている男が、甚蔵でないことは確かである。

彦次は、さらに廊下を奥に進んだ。源助らしい男が寝ていた隣の部屋は、だれもいなかった。その部屋の隣から、かすかに鼾の音が聞こえた。

彦次は足音を忍ばせて隣の部屋まで行くと、廊下側に立ててあった障子を、音がしないように一寸ほどあけた。

障子の隙間から覗くと、布団が敷いてあり、男がひとり寝ていた。眠っているらしく、鼾が聞こえた。

……甚蔵だ！

彦次は胸の内で声を上げた。

寝ている男は大柄で、歳は四十がらみに見えた。寝顔だが、盗賊の頭目らしいふてぶてしさがある。

彦次は念のため、さらに廊下を進み、奥の座敷を確かめてみたが、ひとのいる気配はなかった。

廊下の突き当たりに狭い板間があり、その先が台所になっていた。闇のなかに流し場や竈(かまど)などが見てとれた。

彦次は家に侵入後にたどった通りに引き返し、二階から一階の屋根に出た。そして、侵入したことが分からないように雨戸もしめておいた。おそらく、甚蔵たちは侵入者に気付かないはずである。

彦次が板塀を越えて敷地の外に出ると、すぐに玄沢が近寄ってきた。

「どうだ、なかの様子は」

玄沢が訊いた。

「歩きながら話しやす」

そう言って、彦次は路地に出た。

彦次は玄沢といっしょに来た道を引き返しながら、家のなかの様子を話し、甚蔵がいたことを口にすると、

「甚蔵がいたか！」

玄沢が声高に言った。

「あの家は、甚蔵の隠れ家でさァ」

彦次は、青木と源助がいたことを言い添えた。

「やっと、甚蔵の尻尾（しっぽ）をつかんだな」

玄沢の目が、夜陰のなかで青白くひかっている。

第五章　八丁堀同心

1

「彦次も、飲むか」

玄沢が貧乏徳利を手にして言った。

ふたりがいるのは、庄兵衛店の玄沢の家だった。

彦次と玄沢が、北森下町にある甚蔵の隠れ家を探った翌日だった。昨夜、ふたりは長屋にもどってくると、それぞれの家で朝遅くまで眠った。

彦次は、おゆきとおきくに心配させないように、仕事で遠方まで出かけて遅くなったと話した。

彦次はおゆきが仕度してくれためしを食べた後、玄沢の家に顔を出すと、玄沢は貧乏徳利の酒を飲んでいた。

「あっしは、遠慮しやす」

彦次は遅い朝めしを食ったばかりで、酒を飲む気になれなかった。

「そうか。わしは、朝めしがわりの酒だからな」

玄沢は、手酌で貧乏徳利の酒を湯飲みに注いだ。

玄沢は湯飲みの酒をかたむけた後、

「甚蔵たちだが、どうする」

と、彦次を見つめて訊いた。

「旦那と、そのことを相談するために来たんでさァ」

彦次が言った。

「わしと彦次のふたりだけで、甚蔵たちを始末するのは、無理だな。相手は三人だが、下手をすると返り討ちに遭う。それに、わしらが甚蔵たちを討ち取ってしまったら、富沢屋と大増屋に押し入った賊のなかに、飛猿がいたという濡れ衣は晴れんぞ」

「承知していやす」

「やはり、八丁堀の島崎どのに甚蔵を捕らえてもらうしかないな」

そう言って、湯飲みに酒を注いだ。

「あっしも、島崎の旦那に話すつもりでいやした」

彦次は、定廻り同心の島崎源之助なら、自分や玄沢の話を信じ、甚蔵たちを捕らえてくれると思った。

「よし、わしが島崎どのに話す。以前、島崎どのに、刀の研ぎを頼まれたことがあってな。わしのことは、知っているはずだ」

そう言って、玄沢は湯飲みの酒を一気に飲み干した。

「これから行きやすか」

彦次が訊いた。

「島崎どのの市中巡視のおりに会おう」

「旦那は、島崎さまがどこを通るか知ってるんですかい」

「高砂橋（たかさごばし）のたもとを通るはずだ」

「あっしは、旦那の近くにいやす」

彦次は島崎と直接会うのは気が引けたので、玄沢にまかせようと思った。

ふたりは長屋を出ると、大川端の道に出た。そして、川上にむかい、新大橋を渡った。さらに、大川端沿いの道を川下にむかって歩くと、浜町堀（はまちょうぼり）に突き当たった。

「こっちだ」

そう言って、玄沢は浜町堀沿いの道を北にむかった。

玄沢が先にたって浜町河岸（がし）を歩き、高砂橋のたもとまで来た。

「橋を渡った先で、待とう」

そう言って、玄沢が橋を渡り始めた。

渡った先は、日本橋高砂町である。その辺りは町家が多く、橋を行き来しているのも町人が多かった。

「以前、島崎どのと会った場所だ」

玄沢は、橋のたもとからすこし離れた岸際に立った。

一方、彦次は玄沢からすこし離れた場所にいた。島崎が姿を見せたら、さらに離れるつもりだった。

島崎はなかなか姿を見せなかった。彦次たちがこの場に来て半刻（一時間）も経ったろうか。

玄沢と彦次が、諦めかけたとき、

「来たぞ！　島崎どのだ」

と言って、玄沢が指差した。通りの先に、八丁堀同心の姿が見えた。

八丁堀同心は小袖を着流し、黒羽織の裾を帯に挟む巻き羽織と呼ばれる独特の恰好をしているので遠目にもそれと知れる。

島崎は、三人の供を連れていた。小者（こもの）がひとり、他のふたりは島崎に手札をもらっている岡っ引きらしい。

島崎は近付いてくる玄沢を目にすると、路傍に足をとめ、三人の供に先に行っているよう指示した。

三人の供が離れたところに、玄沢が近寄り、

「島崎どの、お久し振りでござる」

と、声をかけた。彦次は玄沢と離れ、岸際に立っている。

「玄沢どの、おれに用か」

島崎はそう言って、彦次にも目をやったが、何も言わなかった。

「島崎どのの耳に入れておきたいことがござる」

「歩きながら、聞かせてもらおうか」

そう言って、島崎は浜町堀沿いの道を北にむかって歩きだした。そこが島崎の巡視の道筋になっているらしく、三人の供は同じ道の半町ほど先を歩いている。

「それで、話とは」

島崎が訊いた。

「富沢屋と大増屋に押し入った賊のことだ」

玄沢は、通行人に聞こえないように小声で言った。

「話してくれ」

「わしは長屋の者とふたりで、大増屋に賊が押し入った後、ちょうど店の前を通りかかったのだ」

玄沢は彦次の名も出さず、偶然大増屋の前を通りかかったことにした。

「それで」

島崎が話の先をうながした。

「店先に集った者たちのなかに、町方の動きを探っている男を見掛けてな。不審に思い、その男の跡を尾けてみたのだ」

玄沢は、彦次が盗賊一味でないことをはっきりさせるために、探っていたとは言えないので、偶然見掛けたように話したのだ。

「何か知れたのか」

島崎が話の先をうながした。

「そのときは、途中で見失ってしまってな。そのままになっていたのだが、一昨日、所用で北森下町に出かけたおり、偶然その男を見掛けたのだ」

「それで、どうした」

「跡を尾けた。……その男は、北森下町にある隠居所ふうの家に入った。わしは通行人のふりをして、家に近付いたのだ」

「何か知れたのか」

島崎が身を乗り出すようにして訊いた。

「家のなかから、甚蔵を呼ぶ声が聞こえた」

玄沢は、甚蔵を呼ぶ声など聞いていなかったが、甚蔵がいたことをはっきりさせるために、そう話したのだ。

「甚蔵がいたか！」

島崎の声に、昂ったひびきがあった。

2

「ともかく、その家を見てみよう」

島崎が足をとめて言った。

「その姿では、すぐに気付かれるぞ」

玄沢は、島崎に目をやった。島崎は遠目にも、それと知れる八丁堀の同心ふうの身装をしていたのだ。

「着替える」

島崎はその場に立ったまま、いっとき間を置き、

「八丁堀にもどって、着替えるつもりだが……。玄沢どの、八ツ半（午後三時）ごろ、新大橋を渡った先のたもとで待っていてくれんか」

と、玄沢に目をやって言った。

「承知した」

玄沢も、このまま島崎が北森下町にむかえないのは分かっていたのだ。

玄沢は島崎のそばから離れると、高砂橋の方へ足をむけた。彦次は、すこし間をとって歩いてくる。

玄沢と彦次が、高砂橋のたもとでいっしょになると、

「八ツ半ごろ、新大橋のたもとで、待つことになったよ」

玄沢はそう言ってから、「いったん、長屋にもどるか」と彦次に訊いた。

「いま、長屋に帰っても、おゆきたちに何と言えばいいか……」

彦次は眉を寄せた。連日、屋根葺きの仕事に行かず、遊び歩いていると見られそうだ。

「分かった。どこかで昼めしでも食って待つことにしよう」

玄沢と彦次は浜町堀沿いの道を南にむかい、大川端の道に出ると、新大橋の方に足をむけた。

彦次たちは新大橋を渡った先の深川元町で、一膳めし屋を見つけて入った。そこで、腹拵えをしようと思ったのだ。

彦次たちが一膳めし屋を出たのは、八ツ（午後二時）ごろだった。ふたりは来た道を引き返し、新大橋のたもとで島崎が来るのを待った。

ふたりが、橋のたもとでしばらく待つと、橋を渡ってくる島崎の姿が見えた。島崎は着替えたらしく、羽織袴姿で二刀を帯びていた。供は連れていなかった。御家人か、江戸勤番の藩士に見える。

「待たせたか」

島崎が、玄沢に訊いた。彦次は、玄沢からすこし離れた場所に立っている。彦次は大工か屋根葺き職人のような恰好をしているので、島崎たちとかかわりがあるようには見えない。

「いや、わしも来たばかりだ」

玄沢が言った。

「案内してくれ」

「承知した」

すぐに、玄沢が歩きだした。島崎は、玄沢と肩を並べて、御籾蔵の脇の道を東にむかった。彦次は玄沢たちからすこし間をとって歩いた。

玄沢たちは六間堀に突き当たると、橋を渡って南六間堀町に入った。北森下町へ行くには、先に六間堀を渡った方が近いのだ。

玄沢たちは、六間堀沿いの道を北にむかって歩いた。しばらくすると、前方に、六間堀にかかる北之橋が見えてきた。その橋のたもとの先から町家のつづいている地が、北森下町である。

「橋のたもとを右手に入るのだ」

玄沢は島崎に伝え、橋のたもとまで来ると、右手の通りに入った。

通りには、町人が行き交っていた。その辺りは町人地ということもあって、武士の姿はあまり見掛けなかった。

玄沢と島崎は、北森下町の道をしばらく歩いた。しだいに人通りがすくなくなり、道沿いには店屋の他に仕舞屋も目につくようになった。

玄沢は前方に板塀を巡らせた二階建ての仕舞屋が見えてきたところで足をとめ、

「そこの二階建ての家が、甚蔵の隠れ家だ」

と言って、指差した。

「大きな家だな」

島崎が仕舞屋を見つめながら言った。

「近付いてみるか」

玄沢が先にたって、仕舞屋に近付いた。

島崎は後につづいたが、玄沢との間をとった。ふたりは、かかわりのない通行人と見せるためである。

彦次は、仕舞屋に近付かなかった。仕舞屋から離れた路傍に足をとめ、玄沢と島崎に目をやっている。

玄沢は仕舞屋を囲った板塀の前まで来ると、歩調をゆるめて聞き耳をたてた。

……だれかいる！

玄沢は、家のなかで話し声がするのを耳にした。男の声であるのは分かったが、話の内容までは聞き取れなかった。

玄沢は家の前から半町ほども歩いたところで、路傍に足をとめた。

後続の島崎は、板塀に身を寄せていっとき足をとめていたが、足早に歩きだして玄沢のそばに来た。

「聞こえたぞ、青木という名を呼ぶ声が」

島崎が玄沢に言った。

「青木は、一味のなかにいる武士だ」

玄沢が言った。

「声をかけた男が、甚蔵かもしれんな」

「いずれにしろ、あの家に甚蔵一味がいることはまちがいない」

玄沢が断定するように言った。

「早く手を打たねばならぬ」

今日のうちに捕方の手配をして、明日にも踏み込んで甚蔵たちを捕らえたい、と島崎が話した。

島崎によると、与力の出役を仰がず、市中巡視のおりに盗賊一味を目にし、急遽捕方を集めて、捕物にあたったことにしたいという。そのため、大勢の捕方は集められないそうだ。

「与力の出役を仰ぐと、明日というわけにはいかないのだ。それに、御用聞きたちの間にも話がひろまり、甚蔵たちの耳に入る恐れがあるからな」

島崎が言い添えた。

「わしらも、手を貸そう」

玄沢が言った、

「頼む。できれば、おぬしに青木の相手を頼みたい。捕方から大勢の犠牲者を出したくないのでな」

島崎は玄沢が剣の遣い手であることを知っていたのだ。

「承知した」

玄沢が顔をひきしめてうなずいた。

3

翌朝、玄沢と彦次は、朝めしを早めにすませて長屋を出た。島崎たち捕方の一隊が、甚蔵たちの隠れ家に着く前に様子を探ってみるつもりだったのだ。彦次はいつもの屋根葺きの仕事に出る身仕度である。

ふたりは、大川端の通りから六間堀に出て橋を渡り、南六間堀町に入った。そして、昨日島崎と通った道筋をたどって北森下町にある甚蔵たちの隠れ家の近くまで来た。

玄沢が路傍に足をとめ、

「変わりないな」

と、仕舞屋に目をやりながら言った。

「あっしが、見てきやす」

彦次が言った。

「気付かれるなよ」

「家の前を通るだけでさァ」

彦次はそう言い残し、仕舞屋にむかった。

彦次は通行人を装い、仕舞屋の前まで行くと、吹き抜け門の前で歩調をゆるめただけで通り過ぎた。そして、半町ほど歩いてから踵を返してもどってきた。

「どうだ、家の様子は」

すぐに、玄沢が訊いた。

「甚蔵と青木はいやす」

彦次は、親分と呼ぶ声と武士らしい物言いの声が聞こえたことを話した。

「他に、甚蔵の子分はいなかったか」

「だれか分からねえが、別の声も聞こえやした」

「源助ではないか」

「そうかもしれねえ」

彦次は、名を耳にしなかったので、他の声の主がだれなのか分からないと話した。

「ともかく、隠れ家の近くにもどろう。そろそろ、島崎どのたちが来るころだ」

玄沢が言った。

ふたりは来た道を引き返し、仕舞屋の前を通り、半町ほど歩いたところで足をとめた。その場で、島崎たち捕方の一隊が来るのを待つつもりだった。

ふたりがその場に立って、半刻（一時間）も経ったろうか。通りの先に、捕方の一隊が見えた。島崎を先頭に捕方たちが、足早に近付いてくる。二十人ほどいるだろうか。捕方の一隊といっても、島崎は捕物出役装束ではなかった。黒羽織にたっつけ袴で、大刀を腰に差していた。武家の闘いの身装といっていい。島崎は巡視の途中、盗賊一味の隠れ家をつきとめ、急遽手先たちを集めて捕縛にむかったことにするため、捕物出役装束ではなかったのだ。

捕方たちは、島崎が使っている小者や中間、それに岡っ引きと下っ引きたちだが、やはりふだん町を歩いている恰好だった。ただ、いずれも襷で両袖を絞り、草鞋履きだった。手には十手だけでなく、六尺棒や掛矢、それに捕物三道具と呼ばれる突棒、刺股、袖搦などを手にしている者もいた。おそらく、番屋に置いてあった捕物道具を持ってきたのだろう。

島崎は玄沢に近寄り、

「どうだ、隠れ家の様子は」

と、すぐに訊いた。

「甚蔵と青木はいる。他にも、だれかいるようだが、はっきりしない」

玄沢は、彦次が聞いたことを口にした。

彦次はすこし離れた場所で、玄沢や島崎たち捕方に目をやっていた。彦次は、捕方にくわわって仕舞屋に踏み込むつもりはなかった。いくらなんでも、盗人の自分が捕方といっしょに盗人を捕らえることはできなかったのだ。

「他にも、甚蔵の子分がいるとみていいな」

島崎が言った。

「わしもそうみているが、他にいても、ひとりかふたりだろう」

「それなら、この手勢で何とかなる」

島崎は、近くにいた重蔵という年配の岡っ引きを呼び、家の裏手をかためるよう指示した。

「あとの者は、おれといっしょに表から踏み込む」

島崎が、その場にいた捕方たちに目をやって言った。

捕方たちは、すぐに動いた。重蔵のそばに、御用聞きと下っ引きが集った。総勢六人である。重蔵たちは、板塀の脇を通って仕舞屋の裏手にむかった。

「おれたちも、行くぞ」

島崎が残った捕方たちに声をかけた。

島崎たち一隊は、吹き抜け門の前まで行った。門扉はしまっていた。門扉の上から覗くと、閂が差してある。

「梯子(はしご)を使え」

島崎が短い梯子を持っていた捕方に言った。梯子は、捕物にも使う。梯子の先で相手を押さえつけたり、いくつかの梯子で挟み付けて、動けなくしたりするのだ。

捕方のひとりが、梯子を門扉にかけて上り、向こう側に飛び下りた。門扉は低いので、簡単に飛び下りられる。

捕方はすぐに閂を外し、門扉をあけた。島崎をはじめとする捕方たちは、家の戸口に走り寄った。

家のなかで、男の叫び声や廊下を走る足音などが聞こえた。甚蔵や青木たちが、捕方が侵入してきたことに気付いたらしい。

家の出入口は、板戸になっていた。しまっている。先頭にいた島崎が、板戸を引いたがあかなかった。心張り棒がかってあるらしい。

「ぶち破れ！」

島崎が、掛矢を手にしている捕方のひとりに声をかけた。

すぐに、捕方は板戸の前に立ち、掛矢をふるった。バキッ、という大きな音がし、戸の板がぶち破られた。

捕方は掛矢を脇に置き、破れた戸の間から手をつっ込んで、心張り棒をはずした。そして、戸をあけた。

敷居の先の土間につづいて、狭い板間があった。板間の奥は障子がしめてある。座敷になっているらしい。

「踏み込め！」

島崎の声で、十手や捕物道具を持っている捕方たちが次々に踏み込み、土間から板間に上がった。

捕方につづいて、島崎と玄沢も踏み込んだ。

4

「障子の向こうにいるぞ」

玄沢が声をかけた。障子の向こうに人のいる気配がしたのだ。

島崎は玄沢とともに板間にあがり、

「袖搦で、障子をぶち破れ！」

と、そばにいた長柄の袖搦を手にしている捕方に声をかけた。

捕方はすぐに袖搦を振るった。バリッ、と大きな音がし、障子が桟ごと大きく破れた。

座敷に人影があった。ふたりいる。源助と市造だった。市造は、六間堀町の塒から、親分のいるこの家に来ていたらしい。

「捕方だ！」

「踏み込んできやがった！」

源助と市造が、ほぼ同時に叫んだ。

「捕れ！　逃がすな」

島崎が、捕方たちに声をかけた。

御用！　御用！　と声を上げ、捕方たちが十手や突棒などの長柄の捕物道具を手にして座敷に踏み込んだ。

「ちくしょう！　捕まってたまるかい」

市造が、懐に呑んでいた匕首を手にし、左手の奥につづく廊下へ逃げようとした。

市造の前に、ふたりの捕方がまわり込んだ。十手と六尺棒を手にしている。

「どきゃァがれ！」

叫びざま、市造が匕首を振りかざし、十手を手にした捕方の前に踏み込んだ。

すると、もうひとり捕方が、市造めがけて六尺棒を振り下ろした。六尺棒の先が市造の左肩を打ったが、市造は身を反らせただけで、もうひとりの捕方にむかって匕首をふるった。

咄嗟に、捕方は脇に逃げた。

前があいた市造は、廊下へ飛び出した。

「廊下へ、逃げたぞ！」

島崎が叫んだ。

座敷にいた捕方が、次々に廊下に飛び出した。玄沢も、捕方たちにつづいて廊下に出た。

このとき、源助も廊下に逃げようとしたが、ふたりの捕方が前に立ち塞がった。ひとりは十手、もうひとりは六尺棒を手にしている。

「神妙にしろ！」

六尺棒を手にした捕方が、叫びざま振り下ろした。

棒の先が、源助の頭をとらえた。

ゴン、という鈍い音がし、源助は前によろめいた。そこへ、別の捕方が後ろから近付き、源助の帯をつかみ、足をからめて押し倒した。素早い動きである。

「縄をかけろ！」

島崎が捕方に声をかけた。

別の捕方が源助の両腕を後ろにとって縄をかけた。

これを見た島崎は、座敷にいた他の捕方たちに、

「逃げた男を追え！」

と、声をかけ、自分も廊下に出た。


このとき、市造の後を追った捕方と玄沢は、廊下にいた。あけられた障子の間から、座敷に目をやっている。

座敷には、三人の男がいた。頭目の甚蔵、青木、それに逃げてきた市造である。三人とも寝間着姿だった。

青木は大刀を手にしていた。市造は匕首を握って顎の下に構えている。甚蔵は武器を手にしていなかった。青木の背後に、身を寄せている。

三人は座敷から廊下へ出ようとしていた。先にたった市造が、

「そこをどけ！」

と叫び、廊下へ出た。

ふたりの捕方が十手を青木たちにむけ、御用！　御用！　と声をかけた。廊下は狭いため、玄沢と他の捕方はふたりの捕方の後ろにいる。

「わしが、相手をする!」

玄沢が、ふたりの捕方の前に出ようとした。

そのとき、青木が廊下に飛び出し、前にいた捕方のひとりにいきなり斬りつけた。

ザクリ、と捕方の肩から胸にかけて小袖が袈裟に裂けた。捕方は呻き声を上げ、後ろによろめいた。露になった胸から血が流れ出ている。

青木は前に捕方がいなくなると、

「親分、いまだ!」

と、声を上げ、廊下に飛び出した。

すぐに、甚蔵がつづき、その後から市造も廊下に出た。市造は匕首を手にしている。

「逃がすか!」

玄沢は声を上げ、踏み込みざま甚蔵の背後にいた市造に斬りつけた。一瞬の太刀捌きである。

切っ先が、市造の肩から背にかけて袈裟に斬り裂いた。小袖が裂け、露になった背に血の線がはしった。

「やろう!」

叫びざま、市造は反転し、手にした匕首を玄沢にむけた。目がつり上がり、歯をむき出しにしている。

「死ね！」

叫びざま、市造が匕首を玄沢にむけて体ごとつっ込んできた。捨て身の攻撃である。

咄嗟に、玄沢は体を右手に寄せて市造の匕首を躱し、体を捻るようにして袈裟に斬り込んだ。

玄沢の切っ先が、市造の首をとらえた。市造の首から血が飛び散った。市造は血を撒きながらよろめいたが、足がとまると腰から崩れるように倒れた。市造は、四肢を痙攣（けいれん）させているだけで、呻き声も漏らさなかった。

その場にいた捕方たちは凄絶な闘いを目の当たりにし、息を呑んでその場につっ立った。

「逃げたぞ、甚蔵が！」

捕方のひとりが叫んだ。

玄沢と市造が闘っている間に、甚蔵と青木がその場から逃げたのだ。ふたりは、家の裏手の方へむかった。

「追え！」

廊下に出てきた島崎が、捕方たちに声をかけた。

玄沢と捕方ひとりが、逃げる甚蔵と青木の後を追った。さらに、島崎と他の捕方が玄沢たちの後につづいた。

5

家の裏手の背戸の近くに、表から裏手にまわった重蔵たち六人の捕方が待機していた。

「だれか、来るぞ！」

捕方のひとりが声を上げた。

廊下を慌ただしそうに歩く足音と、土間に飛び下りるような音が聞こえた。重蔵たち六人は、背戸を取り囲むように立った。そして、手にした十手や六尺棒などを戸口にむけて身構えた。

背戸が、重い音をたててあいた。姿を見せたのは、青木と甚蔵である。

「甚蔵だ！」

重蔵が叫んだ。どこかで、甚蔵を目にしたことがあるようだ。

御用！　御用！　と、捕方たちが声を上げ、十手や六尺棒を青木と甚蔵にむけた。

「どけ！　斬るぞ」

青木が、手にした刀を振り上げて叫んだ。いまにも、斬り込んできそうな迫力があった。

捕方たちは、腰が引けて後じさった。青木の迫力と捨て身の気魄に圧倒されたのである。

「外に、逃げるぞ！」

青木が声をかけ、甚蔵を連れて板塀の切戸にむかって走った。そして、切戸から外に飛び出した。

「逃がすな！」

重蔵が叫んだ。

そのとき、玄沢と島崎たち捕方の一隊が次々に背戸から飛び出してきた。ちょうど、重蔵と捕方たちが、逃げる青木と甚蔵を追って、板塀の切戸へむかっているところだった。
その重蔵たちにつづいて、玄沢と島崎たち捕方たちもふたりを追い始めた。
青木と甚蔵は板塀沿いに走り、表の通りに出ようとしていた。
「逃がすな！」
島崎が捕方たちに指示した。
逃げる青木と甚蔵は、表通りを六間堀の方へむかって走っていく。逃げ足が速い。
捕方たちのなかには、六尺棒や袖搦などの長柄の捕物道具を手にしている者もいて、
青木たちとの間は離れていった。

そのとき、通り沿いに植えてあった椿の樹陰から男がひとり姿をあらわした。彦次である。

彦次は樹陰から甚蔵たちの住む仕舞屋に目をやっていたが、逃げてきた青木と甚蔵の姿を見て、跡を尾け始めた。彦次は青木と闘っても勝てる自信がなかったので、行き先を突き止めようと思ったのだ。

彦次は通り沿いの家の脇や物陰に身を隠しながら、巧みに青木たちの跡を尾けて

いく。

前を行く青木たちは時々背後を振り返ったが、遠方の捕方を見ているらしく、彦次には気付かなかった。

青木たちは、走るのをやめて歩きだした。捕方たちとの距離がひろがり、逃げられるとみたのだろう。

彦次は物陰に身を隠し、ときには通行人を装い、青木たちの跡を尾けていく。

「島崎どの、わしの仲間が甚蔵たちの跡を尾けているようだ」

玄沢が島崎に身を寄せて言った。彦次の名は、口にしなかった。彦次が表に出たがらないのを知っていたからだ。

「ならば、隠れ家にもどるか」

島崎が足をとめて言った。

甚蔵の隠れ家には、何人かの捕方と、捕らえた源助が残っていた。島崎は源助から甚蔵たちの行き先を訊く手もあるとみたのだ。それに、甚蔵たちが商家に押し入って手にした金の在処(ありか)も聞き出したい。

玄沢と島崎たち捕方の一隊は、甚蔵たちが住んでいた隠れ家にもどった。捕らえられた源助は、縄をかけられたまま戸口近くの座敷に座らされていた。三人の捕方が、源助を取り囲んでいる。

源助は青ざめた顔で、身を顫わせていた。六尺棒で殴られた頭部が痛むのか、顔をしかめている。

島崎が源助の前に立ち、玄沢は脇に控えた。三人の捕方は、源助の背後にすこし間をとって立っている。

「甚蔵と青木は、逃げたぞ。おまえを見捨ててな」

島崎が切り出した。

「…………！」

源助は、顔をしかめただけで何も言わなかった。

「甚蔵たちの逃げた先は、どこだ」

島崎が声をあらためて訊いた。

源助は戸惑うような顔をした。

「どこだ！」

島崎が語気を強くした。

「し、知らねえ。嘘じゃァねえ。あっしは、親分から何も聞いてねえんだ」

源助が、声をつまらせて言った。

「逃げた先は聞いていなくとも、親分が行きそうな家か店は知っているだろう」

「…………」

源助は、いっとき口をとじていたが、

「青木の旦那のところかもしれねえ」

と、つぶやくような声で言った。

「青木の塒は、どこだ」

「この家の他に行くとすれば、情婦のところしかねえが……。あっしは、情婦が松井町にいるって聞いてるだけでさァ」

源助が言った。松井町は竪川沿いにつづいている。

「松井町な」

島崎は、松井町というだけでは探しようがないと思った。

そのとき、玄沢が島崎に身を寄せ、「情婦がいるのは川澄屋という小料理屋らし

い」と耳打ちした。

島崎は無言でうなずき、

「ところで、店に押し入って奪った金だが、どこに隠してある」

と、源助を見すえて訊いた。

「知らねえ」

「いっしょに住んでいたおまえが、知らぬはずはない。それとも、奪った金は子分たちに分けてしまったとでもいうのか」

「そんなことはねえ。あっしの分け前は、五十両でさァ」

源助が顔をしかめて言った。

「それなら、甚蔵の身近に隠してあるはずだ。……この家の他に、金の隠し場所はあるまい」

島崎が語気を強くして言った。

源助はいっとき黙考していたが、

「寝間かもしれねえ」

と、つぶやくような声で言った。

「やるな」

青木が玄沢を見すえて言った。玄沢にむけられた双眸が、燃えるようにひかっている。

青木の右の前腕に、血の色があった。だが、掠り傷である。

「おぬしもな」

玄沢は胸の内で、侮れない相手だ、と思った。

このとき、彦次は市造と対峙していた。対峙というより、追い詰めていたと言った方がいいだろう。

市造は血塗れになった右腕で匕首を持って身構えていたが、腰が引けていた。顔には恐怖の色がある。

「匕首を捨てろ！」

言いざま、彦次は手にした匕首を前に突き出すように構えて一歩踏み込んだ。

すると、市造の顔がひき攣ったように歪み、

「死ね！」

ほぼ同時に、玄沢と青木の全身に斬撃の気がはしった。

イヤアッ！

タアッ！

ふたりの気合がひびき、ふたりの体が躍った。

玄沢が青眼から袈裟へ――。

青木も袈裟へ――。

袈裟と袈裟。ふたりの刀身が眼前で合致し、青火が散り、甲高い金属音がひびいた。

一瞬、ふたりの動きがとまった。ふたりは刀身を立てたまま、相手の刀を押し合った。鍔迫り合いである。

だが、ふたりはすぐに動いた。ほぼ同時に、相手の刀身を押して後ろに跳んだのだ。跳びざま、ふたりは刀をふるった。

玄沢は突き込むように籠手に斬り込み、青木は袈裟に払った。

玄沢の切っ先は、前に伸びた青木の右の前腕をとらえ、青木の切っ先は、空を斬って流れた。

ふたりは大きく間合を取り、相青眼に構えた。

「寝間というと、甚蔵が寝ていた部屋だな」

「そうでさァ」

すぐに、源助が答えた。

6

島崎はそばにいた捕方に、甚蔵の寝間を見てくるよう指示した。

すると、脇で聞いていた玄沢が、

「わしも行ってみる」

と言って、ふたりの捕方とともに廊下に出た。

甚蔵のいた座敷には、布団が敷いてあった。甚蔵は慌てて起きたのであろう。布団は乱れていた。

「この部屋のどこかに、奪った金が隠してあるはずだ」

そう言って、玄沢は座敷に足を踏み入れた。

つづいてふたりの捕方も座敷に入ってきた。三人はまず布団を捲ってみたが、金はなかった。

「部屋のなかを探してくれ」

玄沢がふたりの捕方に声をかけた。

三人は、部屋の隅に置いてあった長持をあけてみたが、ここにも金はなかった。

「この部屋では、ないのかな」

玄沢が、部屋の隅々に目をやりながらつぶやいた。ふたりの捕方は部屋のなかほどに立って、首を捻っている。

「押入れか」

玄沢が押入れに目をやって言った。

玄沢は、ふたりの捕方に押入れを見るよう指示した。ふたりは押入れの戸をあけて、なかに入り、いっとき探っていたが、

「金目の物は、ありません」

と、ひとりが顔を出して言った。

つづいて、もうひとりも押入れから出てきて、金が隠してあるような物はなかったと話した。

「この部屋では、ないのかな」

玄沢は、あらためて部屋の隅々を見た。

玄沢は、部屋の奥に敷かれた畳の一枚に目をとめた。わずかに浮いているように感じられたのだ。

すぐに、玄沢は奥の畳の隅を手にして持ち上げた。床板が短く四角に切られている。埃がたたず、床板を頻繁に取り外していたことが分かった。

「ここかもしれぬ」

玄沢は床板を外した。床下は暗かったが、瓶（かめ）が置かれているのが目にとまった。木の蓋（ふた）がしてある。

玄沢は腕を伸ばして蓋を取った。なかに、鈍く光る物と白っぽい物がびっしりと詰まっていた。

「小判だ！」

玄沢が声を上げた。

光る物は、小判だった。白っぽい物は、切餅（きりもち）である。切餅は、一分銀を百枚、紙で方形に包んだ物である。一分銀は四枚で一両なので、切餅ひとつで、二十五両ということになる。

甚蔵たちが富沢屋と大増屋に押し入って奪った金が、ここに隠してあったのだ。

「大金だ!」

捕方のひとりが、覗き込んで声を上げた。

「島崎どのを、呼んできてくれ」

玄沢が捕方のひとりに声をかけた。

すぐに、捕方のひとりが座敷から出ていった。そして、島崎を連れてもどってきた。

「見てくれ、甚蔵たちが奪った金だ」

玄沢が床下を指差して言った。

島崎は床下を覗き込んで瓶のなかに目をやり、

「ごっそり残っている」

と、目をむいて言った。

「この金は、どうなるのだ」

玄沢が訊いた。

「これだけあると、目が眩むが、甚蔵の代わりに、おれたちの首を獄門台に晒すわけにはいかぬでな」

島崎が苦笑いを浮かべて言った。

島崎によると、甚蔵を捕らえた後、事件の吟味にあたる与力の判断にもよるが、猫糞（ねこばば）できないので、金を奪われた店に返されるのではないかという。

「仕方あるまい」

玄沢が渋い顔でつぶやいた。

「この金はおれたちが持ち帰る」

「そうしてくれ」

玄沢の胸の内に、すこしなら分からないのに、との思いがよぎったが、慌てて打ち消した。

玄沢は島崎たちを座敷に残して家の外に出た。そして、通りの先に目をやった。逃げた甚蔵たちの跡を尾けている彦次が、どうなったか気になったのである。

そのころ、彦次は青木と甚蔵の跡を尾けていた。

前を行く青木と甚蔵は、北にむかって足早に歩いていた。そして、竪川にかかる二ツ目橋のたもとに出ると、左手に折れた。

彦次は小走りになった。青木たちの姿が見えなくなったからだ。二ツ目橋のたもとまで来て、左手に目をやった。前方に、青木と甚蔵の姿が見えた。ふたりは肩を並べ、何やら話しながら竪川沿いの道を歩いていく。

彦次は青木たちから間を取り、通行人の後ろに身を隠すようにして歩いた。前を行く青木たちは、振り返って背後を見なくなった。尾行者はいないと判断したのだろう。

ふたりは、六間堀にかかる松井橋を渡った。橋のたもとから先は、松井町一丁目である。ふたりは、小料理屋の川澄屋の前で足をとめた。店はひらいているらしく、暖簾が出ていた。

青木は通りの左右に目をやってから、入口の格子戸を開け、甚蔵といっしょに店に入った。

彦次は川澄屋の店先まで来ると、足をとめて聞き耳を立てた。店のなかから、くぐもったような話し声が聞こえた。青木と女の声である。女は店の女将であろう。

彦次はすぐに店先から離れた。通りかかった者たちが彦次のことを不審に思い、騒ぎたてたら逃げるのがむずかしい。

彦次は松井橋のたもと近くにもどり、竪川の岸際に立って川澄屋に目をやった。青木は店に残っても、甚蔵は出てくるとみたのだ。出てきたら跡を尾けて、行き先をつきとめるのである。

彦次はその場に立って、一刻（二時間）ちかくも川澄屋の店先に目をやっていたが、あらわれない。彦次は諦めて、北森下町の甚蔵の隠れ家にもどろうとしたが、思いとどまった。陽は沈み、辺りは淡い夕闇につつまれていた。玄沢も島崎たち町方も、隠れ家から引き上げたのではないかと思ったのだ。

7

翌朝、彦次は屋根葺きの仕事着である黒の腰切半纏に黒股引姿で、長屋の家を出た。道具箱は、持っていない。このところ、道具箱は仕事現場の近くにある親方の家に置いてあると話してあったのだ。

おゆきとおきくが、戸口まで見送りに出て、

「おまえさん、今日も遅くなるんですか」

おゆきが、心配そうな顔で訊いた。このところ、彦次の帰りが遅かったせいだろう。

「今日は、早めに帰る」

彦次は、そのつもりだった。おゆきとおきくに、心配をかけたくなかったのだ。

彦次は玄沢の家に立ち寄った。

戸口の腰高障子をあけると、玄沢がひとりで湯漬けを食っていた。朝めしらしい。

「彦次か。上がってくれ。話がある」

玄沢が声をかけた。

彦次は座敷に上がり、玄沢の脇に腰を下ろした。

「朝めしは」

玄沢が訊いた。

「食ってきやした」

「そうか」

玄沢は丼に残っていためしを掻き込み、手にした丼を膝先に置くと、

「わしから、話す」

と言って、頭目の甚蔵と青木が隠れ家から逃げた後、家捜しして床下に隠してあった大金を見つけたことを話し、

「甚蔵たちが、富沢屋と大増屋から奪った金だ。島崎どのが持ち帰ったが、後のことは分からん。わしらの懐に入らぬことは、はっきりしているがな」

と、苦笑いを浮かべて言い添えた。

玄沢の話が終わると、

「あっしは、甚蔵と青木の跡を尾けやした」

そう前置きし、彦次はふたりが松井町一丁目にある川澄屋に入ったことを話した。玄沢は彦次とふたりで川澄屋を見張ったことがあったので、知っていたのだ。

「いまも、甚蔵と青木は川澄屋にいるのか」

玄沢が訊いた。

「ふたりとも、昨夜まではいやしたが、いまもいるかどうか、分からねえ」

彦次が言った。朝になって、ふたりで出かけたかもしれない。

「彦次、これから松井町に出かけて、甚蔵と青木がいるかどうか確かめてみるか。いることがはっきりすれば、島崎どのに話して、捕方をむけてもらう手もあるが」

玄沢は、彦次とふたりだけだと、返り討ちに遭う恐れがあると踏んだようだ。

「そうしやしょう」

彦次は斬り合いが苦手だったので、玄沢と同様、ふたりだけで甚蔵と青木を捕らえるのはむずかしいとみた。

「よし、すぐに出かけよう」

玄沢が勢いよく立ち上がった。

彦次と玄沢は長屋の路地木戸を出ると、大川端にむかった。

ふたりは大川端沿いの道に出ると、川上にむかい、御舟蔵の脇を通って一ツ目橋のたもとに出た。そして、竪川沿いの道を東にむかった。

ふたりは川澄屋の近くまで来ると、川岸に身を寄せた。

「まだ、暖簾は出てないな」

「店をひらくのは、これからかもしれねえ」

「待つしかないな」

彦次と玄沢は、以前、川澄屋を見張った船寄につづく石段に腰を下ろした。

ふたりは肩を並べて竪川の川面に目をやっていたが、

「彦次、毎日、事件のことで出歩いていて、おゆきは不審を抱かないのか」

　玄沢が訊いた。

「これまでも、仕事に行くと言って出歩いていることが多かったんでさァ。……おゆきもおきくも、あっしが盗人だなんて、思ってもみねえ」

　彦次の顔に、困惑したような表情が浮いた。

「どうだ、盗みから足を洗ったら」

「あっしは、屋根葺きと言っても、決まった親方はいねえし、口入れ屋で世話してもらった仕事をやるだけでしてね。女房と娘には楽させてやりてえ。それに、盗みに入った店も、宝船の絵を手にして喜んでいるところもあるんでさァ」

　彦次が首をすくめて言った。

「そうか」

　玄沢は口をつぐんで、竪川の川面に目をやった。

　長屋にいるときは、ふたりともこんな話はしなかったが、ふたりだけで顔を突き合わせていると、腹の底にあることが口から出るらしい。

　荷を積んだ茶船が、ゆっくりと大川の方へむかっていく。船のために川面に波がたち、彦次たちの足元にある船寄にも波が寄せてきて、水音をたてた。

茶船が通り過ぎたとき、彦次は川澄屋に目をやり、

「旦那、店をひらくようですぜ」

と、波音に負けないように声を大きくして言った。

川澄屋から女将が出てきて、店先に暖簾をかけていた。女将はすぐに暖簾をかけ終え、店に入ってしまった。

「甚蔵と青木は、姿をあらわすかな」

玄沢は店先に目をやって言った。

「どうですかね」

彦次は、姿を見せないような気がした。甚蔵と青木は、店がしまっていても自由に出入りできるはずだ。むしろ、店に客がいない方が出入りしやすいだろう。

それからいっときして、羽織に小袖姿の商家の若旦那らしい男が、ひとり店に入った。さらに、遊び人ふうの男がふたり、店の暖簾をくぐった。

彦次と玄沢は、桟橋につづく石段から動かなかった。交替で、店先に目をやっている。

店先に暖簾が出てから、一刻（二時間）の余が過ぎた。彦次も玄沢も腰が痛くなり、ときどき立ち上がって腰をさすった。

腰をさすっていた彦次の手がとまり、

「旦那、店から出てきやしたぜ」

と、店先に目をやったまま言った。

姿を見せたのは、最初に店に入った若旦那ふうの男だった。

8

「あの男に、店の様子を訊いてきやす」

そう言い残し、彦次は石段を上がり、川沿いの通りに出た。

玄沢はその場に残って、彦次の背に目をやっている。

若旦那らしい男は、通りを西にむかって歩いていく。酔っているのか、すこし腰がふらついていた。

彦次は男の背後から近付き、

「ちょいと、すまねえ」

と、声をかけた。

「な、なんだい」

男は戸惑うような顔をして彦次を見た。いきなり、見知らぬ男に声をかけられたからだろう。

「足をとめさしちゃァ申し訳ねえ。歩きながら、聞いてくだせえ」

彦次が言うと、男はゆっくりとした歩調で歩きだした。

「旦那が、川澄屋から出てきたのを目にしやしてね」

「ああ、飲んだ帰りだ」

「あっしも、女将さんを贔屓にしてやして、店で一杯やることがあったんですがね。ちかごろ、ちょいと店に入りづれえ」

そう言って、彦次は首をすくめた。

「店で、何かあったのかい」

男が訊いた。男の顔に、好奇の色が浮いた。

「何もねえが、店に来る二本差しが気になりやしてね。女将さんと腰を落ち着けて飲んでられねえんで」

「ああ、青木の旦那か」

男が青木の名を口にした。どうやら青木のことを知っているらしい。

「青木の旦那は、店にいやしたか」

彦次が、男に身を寄せて訊いた。

「いたが、奥の座敷で飲んでるらしく、店には顔を出さなかったぞ」

「青木の旦那は、ひとりで飲んでたんですかい」

彦次は、甚蔵のことを聞き出そうしたのだ。

「ひとりではないようだ。……青木の旦那が、ジンゾウ、と呼ぶ声が聞こえたからな。その男といっしょに飲んでたようだ」

「ジンゾウと、呼んだんですかい」

彦次は、甚蔵がいると確信した。

「おまえさん、女将のおさきさんをだいぶ贔屓にしているようだが、深入りはやめた方がいいぞ」

男が分別くさい顔で言った。

「女将さんには、いい男でもいるんですかい」

彦次が声をひそめて訊いた。

「そうだ。おさきさんには、青木の旦那がいるからな」

そう言って、男はすこし足を速めた。女将の名は、おさきらしい。

彦次は路傍に足をとめ、男が遠ざかるのを待って踵を返した。

彦次は船寄につづく石段にもどり、待っていた玄沢に、

「青木と甚蔵は、店にいやすぜ」

と言ってから、若旦那らしい男から聞いたことを一通り話した。

「ふたりとも、店にいたか」

「へい、それに、ふたりとも店で飲んでるようですぜ」

「ふたりは、すぐに店を出ないな」

「あっしも、そうみやした」

「これ以上、店を見張ることはないな」

玄沢は立ち上がった。

彦次と玄沢は竪川沿いの道に出ると、大川の方に足をむけた。そして、川澄屋か

ら離れると、

「いずれにしろ、早く手を打った方がいいな。ふたりが、川澄屋にいるうちに捕らえたい。居所を変えられると、探すのが面倒だ」

　玄沢が言った。

「明日にも、島崎の旦那に知らせやすか」

「そうだな。わしから、島崎どのに話そう」

　玄沢は、彦次が島崎と顔を合わせたくないことを知っていたのだ。

　ふたりは、そんなやり取りをしながら、大川端に出た。そして、川沿いの道をたどり、仙台堀にかかる上ノ橋のたもとまで来ると、左手の通りに入った。その道は、仙台堀沿いにつづいている。

　道沿いの店の多くは、商いを終えて表戸をしめていた。

　夜陰のなか、辺りが静寂につつまれているせいか、仙台堀の岸に寄せる水音がやけに大きく聞こえてきた。

　ふたりが、そんなやり取りをしている間に、長屋につづく路地の前まで来た。長屋はひっそりと寝静まっていた。ふだんは、長屋のあちこちから亭主のがなり声、女房の子供を叱る声、子供の笑い声などが聞こえるのだが、いまはひっそりとして、ときおり、赤児の夜泣きの声や女房のあやす声などが聞こえるだけである。

玄沢は長屋の路地木戸をくぐってから、

「彦次、わしの家に寄っていくか」

と、足をとめて訊いた。

「今夜は、このまま帰りやす。女房と娘が待ってやすから」

彦次は、おゆきとおきくが待っているだろうと思った。

「そうだったな。早く帰ってやれ」

玄沢が言った。

「あっしは、これで」

彦次は、足早に自分の家にむかった。

家の腰高障子が、明らんでいた。家のなかで、かすかに物音がした。おゆきとおきくである。ふたりは寝ずに、彦次の帰りを待っているようだ。

……おゆき、おきく、済まねえ。

彦次は胸の内で声を上げ、明かりの点っている家にむかって走った。

第六章　捕物

1

彦次と玄沢は、いつもより早く長屋を出た。彦次はいつもの腰切半纏に黒股引姿だが、道具箱は持っていなかった。

ふたりは長屋を出ると、大川の方に足をむけた。

「どうする。彦次も、いっしょに行くか」

玄沢が歩きながら訊いた。

玄沢は、八丁堀同心の島崎に会いに行くところだった。甚蔵と青木の隠れ家を島崎に話し、町方の手で捕らえてもらうためである。

「あっしは、旦那と離れていやす」

彦次は、島崎や御用聞きたちと顔を合わせたくなかった。飛猿と呼ばれる盗人であることが、知れるような気がしたのだ。

「わしから、話そう」

玄沢が苦笑いを浮かべて言った。

彦次と玄沢は大川端に出ると川上にむかい、新大橋を渡った。そして、以前島崎と会った浜町河岸にかかる高砂橋のたもとに足を進めた。島崎が市中巡視のおりに通る橋のたもと近くで会うつもりだった。

ふたりは高砂橋を渡ると、橋のたもと近くの岸際に立った。

彦次は、玄沢から離れた場所に立っていた。遠くから、玄沢に目をやっている。

島崎は、なかなか来なかった。彦次たちがその場に来て、一刻（二時間）ちかく経ってから島崎の姿が見えた。

島崎は、この前と同じ三人の供を連れていた。小者がひとり、岡っ引きがふたりである。

玄沢が島崎に近付くと、三人の供はすぐに島崎から離れた。島崎が三人に、先に行くよう話したようだ。

玄沢が島崎に身を寄せると、

「甚蔵のことか」

すぐに、島崎が訊いた。玄沢が、逃走した甚蔵と青木のことで知らせることがあって来たとみたのだろう。

「そうだ。甚蔵と青木の居所が知れた」

「知れたか」

島崎の声が、大きくなった。

島崎は浜町堀沿いの道を北にむかってゆっくり歩きながら、

「ふたりはどこにいる」

と、玄沢に身を寄せて訊いた。

「松井町にある小料理屋に身を隠している」

玄沢が、小料理屋は竪川沿いにあることを言い添えた。

「ふたりの他に、仲間はいるのか」

島崎が訊いた。

「仲間はいないようだ。店に、小料理屋の女将と板場に男がいるかもしれん」

川澄屋には、女将の他に、板場にもだれかいるはずだ、と玄沢はみた。

「いずれにしろ、たいした人数ではないな」

「だが、青木は遣い手だ」

「下手に捕らえようとすると、捕方から犠牲者が出るな」

島崎はそう言った後、

「玄沢どの、手を貸してくれるか」

と、足をとめて訊いた。

「そのつもりだ」

玄沢の胸の内には、青木は自分の手で斬りたい、という思いがあった。ひとりの剣客として、勝負を決したかったのだ。

「それで、いつ甚蔵たちを捕らえる」

玄沢が訊いた。

「早くて、明日だ。今日の内に、捕方を集める」

「小料理屋が、店をひらかない昼前がいいな。店に客がいると、騒ぎが大きくなる」

玄沢は、大騒ぎになり、野次馬たちが集まるようなことにでもなれば、青木と甚蔵を取り逃がす恐れがあるとみた。

「承知した」

島崎が明日の四ツ（午前十時）ごろ、捕方を連れ、新大橋を渡った先のたもとで待っていることを話した。

「わしも、そこにいよう」

そう言って、玄沢は足をとめた。

島崎は足を速め、先を行く三人の供に追いついた。島崎たちは、巡視の道筋を足早に歩いていく。

玄沢は高砂橋のたもとで、彦次と顔を合わせると、

「島崎どのとの話はついた」

と前置きし、明日の四ツごろ、島崎たち捕方一隊と新大橋のたもとで待ち合わせることを話した。

彦次は玄沢と一緒に歩きだし、

「念のため、帰りに川澄屋の前を通ってみやすか」

と、言った。まだ、店はひらいていないはずだが、店に変わった様子はないか見

ておきたかったのだ。

「そうだな」

玄沢も、その気になった。

ふたりは来た道を引き返し、新大橋を渡った。そして、御舟蔵の脇を通り、竪川にかかる一ツ目橋のたもとを右手に折れた。

竪川沿いの道を東にむかい、松井町に入っていっとき歩くと、道沿いにある川澄屋が見えてきた。

川澄屋の店先に、暖簾は出ていなかった。まだ、店はひらいていないようだ。

「変わった様子はないな」

玄沢が路傍に足をとめて言った。

「長屋に、帰りやすか」

彦次は久し振りで早く帰り、おゆきとおきくの三人で、のんびり過ごしたかった。

「そうしよう」

玄沢が足早に歩き始めた。

2

翌朝、彦次は家族三人で朝めしを食べ、ゆっくり茶を飲んでから家を出た。途中、玄沢の家に寄ると、めずらしく玄沢も朝めしを終えて茶を飲んでいた。

「彦次、いつでも出られるぞ」

そう言って、玄沢が立ち上がった。

「まだ、早いが、出かけやすか」

「そのつもりだ」

玄沢は、大刀を手にして座敷から土間へ出てきた。

彦次と玄沢は長屋を出ると、大川の方に足をむけた。そして、大川端の道を川上にむかって歩き、新大橋のたもとに出た。

橋のたもとは、賑わっていた。様々な身分の老若男女が行き交っている。

彦次と玄沢は岸際に身を寄せ、行き交う人々に目をやった。

「まだ、早いな」

玄沢が言った。橋のたもとに、島崎たちの姿はなかった。

ふたりは岸際に立って、島崎たち捕方の一隊が姿をあらわすのを待った。

それから、半刻（一時間）も経ったろうか。

「来やした」

彦次が橋を指差して言った。

見ると、島崎が捕方たちを連れて橋を渡ってくる。捕方といっても、十人ほどだった。島崎に仕えている小者や中間、それに岡っ引きと下っ引きたちである。

彦次は島崎たちの一隊を目にすると、玄沢に身を寄せ、

「あっしは、先に行きやす」

と言って、その場を離れた。彦次は島崎たちと顔を合わせたくなかったし、先に行って川澄屋の様子を見ておきたかったのだ。

彦次がその場から遠ざかったところへ、島崎たち一隊が近付いてきた。橋のたもとを行き交う人々は、島崎たち一隊に目をやったが、足をとめるようなことはなかった。捕方たちは、ふだん町中を歩く恰好をしていたし、突棒や刺股などの長柄の捕具を手にしている者もいなかった。ただ、六尺棒を手にしている者はいた。

島崎は、玄沢から、川澄屋にいるのは甚蔵と青木、それに店の女将と板場にいる者ぐらいだと聞いていた。捕らえるのは甚蔵と青木だけで、他の者は逃がしてもかまわない。それに、玄沢が青木と立ち合うとみていたので、捕方はそれほど大勢でなくともよかったのだ。

「待っていたぞ」

玄沢が島崎に言った。

「すぐに、松井町にむかおう」

島崎が昂った声で言った。さすがに、気が高揚しているらしい。

玄沢と島崎が先にたち、一隊はその場を離れた。これから、竪川沿いにある川澄屋にむかうのだ。

彦次は、竪川沿いの道を東にむかって歩いていた。松井町に入って間もなく、前方に川澄屋が見えてきた。

彦次は通行人を装って川澄屋に近寄った。まだ、店先に暖簾は出ていなかった。店はひっそりしている。

彦次は店の前まで来ると、歩調をゆるめて聞き耳をたてた。

……いる！

彦次は胸の内で声を上げた。

話し声と足音、それに店の奥の方で、水を使う音がかすかに聞こえた。話し声のなかに、「おまえさん」と呼ぶ女の声がした。

彦次は、おさきが青木のことを呼んだとみた。おさきの声の他に、甚蔵と思われる男の声も聞こえた。甚蔵もそばにいるらしい。

彦次は川澄屋の前を通り過ぎ、以前見張った竪川の岸際にある石段に身を隠した。その石段は、船寄につづいている。

それからいっときして、川澄屋の入口の格子戸があいた。男がひとり姿を見せた。

彦次は身を乗り出して男を見た。青木でも、甚蔵でもなかった。中年の町人である。男は下駄履きで、手ぬぐいを首にかけていた。笊のような物を手にしている。

……包丁人かもしれねえ。

と、彦次は思った。

男は店先から一町ほど歩き、道沿いにあった八百屋に立ち寄った。そこで、青菜や茄子などの野菜を買い、笊に入れて店にもどってきた。どうやら、料理に使う野菜を買いに行ったらしい。

それから、半刻（一時間）ほどして、通りの先に玄沢と、島崎率いる捕方の一隊が見えた。

すぐに、彦次は石段から通りに出て、川澄屋の方にむかった。店のなかの様子を玄沢に話しておこうと思ったのだ。

捕方の先頭にいた玄沢が彦次に気付き、島崎に何やら声をかけた。すると、島崎は捕方を竪川の岸際に寄せて足をとめた。

玄沢だけが、小走りに彦次に近付いてきた。

彦次は岸際に身を寄せて、玄沢が近付くのを待ち、

「青木と甚蔵は、店にいやす」

と言い、おさきが、おまえさん、と呼ぶ声を聞いたことと、甚蔵らしい男の声が聞こえたことを言い添えた。

「島崎どのに話し、すぐに店に踏み込む」

玄沢が言った。

「あっしは、ここで店を見張りやす」

彦次には、玄沢と一緒に川澄屋に踏み込む気はなかった。それより、店先を見張っていて、逃げた者がいれば、跡を尾けて行き先をつきとめるつもりだった。

玄沢は島崎のそばにもどると、何やら話していた。彦次から聞いたことを伝えたのだろう。

彦次は岸際に立ったまま、玄沢と島崎たち捕方の一隊に目をやっていた。

島崎が捕方のなかにいた重蔵を呼んで何やら話していた。念のため、店の裏手もかためるつもりなのだろう。

3

玄沢と島崎が先にたち、川澄屋の近くまで来ると、重蔵が三人の捕方とともに店の脇にまわった。裏手をかためるのだ。

島崎が入口の格子戸をあけた。店のなかは薄暗かった。土間の先が小上がりになっていて、その先に障子がたててある。

小上がりには、だれもいなかったが、障子の向こうにひとのいる気配がした。二、三人いるようだ。

そのとき、障子の向こうで、

「お客さんかしら、まだ店はひらいてないのに……」

と、女の声がした。おさきらしい。

「何人もいるようだ」

おさきにつづいて、男の声がした。

玄沢と島崎、さらに三人の捕方が、店内に踏み込んだ。他の捕方たちは店先で待機している。店内は狭く、大勢の捕方は踏み込めないのだ。

「客ではないわ！」

女のうわずった声がし、すぐに障子があいた。

小上がりの先の座敷にいたのは、おさき、青木、甚蔵の三人である。青木と甚蔵の膝先には、徳利と小鉢が置いてあった。小鉢には肴(さかな)が入っているらしい。ふたりで、酒を飲んでいたようだ。

「お、押し込んできた！」

おさきが、声をつまらせて言った。驚愕に目をむき、その場に硬直したようにつっ立っている。

「捕方か！」

叫びざま、青木が傍らに置いてあった大刀を手にして立ち上がった。

甚蔵は強張った顔で、玄沢や島崎たちに目をやり、「ちくしょう！　ここまで、突き止めやがった」と叫び、懐に手をつっ込んだ。匕首を呑んでいるらしい。

「青木、表に出ろ！　それとも、ここでやるか」

玄沢が鋭い声で言った。

「…………！」

青木は逡巡するような顔をして、おさきと甚蔵に目をやった。

「狭い座敷で、大勢の捕方の相手をするつもりか。それとも、武士らしく、わしと立ち合うか。どうする」

玄沢が訊いた。

「よかろう、表に出て、おぬしを始末してくれる」

青木は刀を手にし、座敷から小上がりに出てきた。

「おれを見捨てる気か！」

甚蔵が、顔をしかめて怒鳴った。

「こいつを斬って、すぐ、もどる。それまで、待っていろ」

青木は、土間に近付いてきた。

玄沢は青木に目をむけたまま後じさり、戸口から外に出た。土間にいた島崎と三人の捕方は、すぐに両脇に身を引いた。

戸口近くには、五人の捕方が待機していたが、玄沢と青木が出てくると、慌てて身を引いた。そして、玄沢と青木が店の前で対峙すると、三人の捕方が青木の背後にまわった。逃げ道を塞ぐためである。

他のふたりの捕方は、店のなかに踏み込んだ、店内にいる島崎の指図にしたがい、甚蔵の捕縛にあたるのだろう。

玄沢と青木の間合は、およそ三間――。ふたりは、すぐに刀を抜かなかった。柄に手を添えたまま対峙している。

通りかかった者たちが、「斬り合いだ！」「巻き添えを食うぞ！」などと叫びながら逃げ散った。

「いくぞ！」

青木が、抜刀した。

すかさず、玄沢も刀を抜いた。

青木はすばやく青眼に構え、剣尖を玄沢の目につけた。腰の据わった隙のない構えである。

玄沢も、青眼に構えをとった。玄沢の構えにも隙がなかった。老齢であったが、全身に気勢が満ち、いまにも斬り込んでいきそうな気配がある。

ふたりの顔に、驚きの色はなかった。以前、対戦したときも相青眼に構えたので、お互いが相手の構えを目にしていたのだ。

ふたりは、全身に気勢を漲らせ、斬撃の気配を見せて気魄で攻め合っていたが、青木が先をとった。

「いくぞ！」

青木が声をかけ、足裏を摺るようにしてジリジリと間合を狭めてきた。

対する玄沢は、動かなかった。気を鎮めて、青木との間合と斬撃の気配を読んでいる。

……あと、一歩！

玄沢が一足一刀の斬撃の間境まで、あと一歩と読んだ。

そのとき、ふいに青木の寄り身がとまった。このまま踏み込んで、斬り込むのは危険だと察知したらしい。

ふたりは、斬撃の間境までの一歩の近間で対峙したまま動かなかった。

そのとき、川澄屋の店内から女の悲鳴が聞こえた。おさきらしい。その声で、玄沢と青木をつつんでいた緊張が、劈かれた。

青木の全身に、斬撃の気がはしり、
イヤアッ！

鋭い気合とともに斬り込んだ。青眼から真っ向へ。

一瞬、間をおいて、玄沢が右手に踏み込みざま、刀身を袈裟に払った。

真っ向と袈裟――。二筋の閃光がはしった。

青木の切っ先は玄沢の左肩をかすめて空を切り、玄沢の切っ先は青木の右袖を斬り裂いた。

ふたりは、大きく間合をとってから反転し、ふたたび相青眼に構えた。青木の右の二の腕に血の色があった。玄沢の切っ先が、とらえたのである。

だが、浅手だった。右手は自在に動くようだ。

「やるな！」

青木が玄沢を睨むように見すえて言った。

4

このとき、川澄屋のなかでは、島崎たちの捕物が始まっていた。

島崎は小上がりに踏み込み、

「踏み込め！」

と、捕方たちに声をかけた。

小上がりと土間にいた捕方たちが十手を手にし、小上がりの奥の座敷に踏み込んだ。六尺棒を手にした者もいる。

座敷には、おさきと甚蔵がいた。おさきは身を顫わせて座敷の隅に逃げたが、甚蔵は匕首を手にして身構え、

「近寄ると、殺すぞ！」

と、叫んだ。甚蔵は目をつり上げ、歯をむき出していた。追い詰められた獣のようである。

捕方たちは甚蔵の剣幕に圧倒されて踏み込めず、甚蔵を取り囲んだまま、御用！　御用！　と声を上げている。

「脇から仕掛けろ！」

島崎が声高に指示した。

すると、甚蔵の左手にいた大柄な捕方が、「神妙にしろ！」と叫びざま踏み込み、手にした十手をふるった。

十手の先が、捕方の方へ体をむけた甚蔵の額をとらえた。十手で額を殴る鈍い音がし、ギャッ！　と、悲鳴を上げて、甚蔵がよろめいた。

甚蔵は捕方たちとの間があくと、ふたたび身構えて匕首を捕方たちにむけた。裂けた額から流れ出た血で、顔が真っ赤に染まっている。両眼がつり上がり、赤い斑に染まった顔面とあいまって凄まじい形相になった。

「殺してやる！」

甚蔵は、手にした匕首を振り上げた。

捕方たちは、甚蔵の鬼のような形相に恐れをなし、踏み込めずにいた。

これを見た島崎は、

「六尺棒を使え！」

と、声を上げた。

すると、甚蔵の右手にいた六尺棒を手にした捕方が踏み込み、「神妙にしろ！」

と叫びざま、六尺棒を突き出した。

棒の先が、甚蔵の脇腹をとらえた。

グワッ！ という叫び声を上げ、甚蔵がよろめいた。そこへ、別の捕方が踏み込み、十手で甚蔵の頭を殴りつけた。

甚蔵は手にした匕首を落とし、腰からくずれるように倒れた。俯せに倒れた甚蔵は、苦しげな呻き声を上げて身を捩った。

「縄をかけろ！」

島崎が声を上げた。

すぐに、ふたりの捕方が甚蔵に近寄り、ひとりが甚蔵に馬乗りになった。そして、もうひとりの捕方とふたりで、甚蔵の両腕を後ろにとって縄をかけた。

甚蔵に縄がかけられたのを見た島崎は、座敷の隅で身を震わせているおさきに目をやり、

「女にも縄をかけろ」

と、捕方たちに指示した。

すぐにふたりの捕方が、おさきに近寄った。そして、おさきの両腕を後ろにとって縛った。おさきは恐怖に身を震わせ、捕方たちのなすがままになっている。

島崎は、甚蔵とおさきに縄がかけられたのを確認すると、

「引っ立てろ！」

と、捕方たちに声をかけた。


玄沢はおよそ三間の間合をとって、青木と対峙していた。

ふたりは、相青眼に構えていた。青木の切っ先が、かすかに震えている。右の二の腕を斬られたため、腕に余分な力が入っているようだ。

玄沢は青木の構えが硬いとみて、先をとった。

「いくぞ！」

と声をかけ、足の指先を這うように動かし、青木との間合を狭め始めた。

対する青木は、動かなかった。

玄沢と青木との間合が、しだいに狭まっていく。

玄沢は間合を狭めながら、青木の斬撃の気配を読んでいる。

……斬撃の間境まで、あと半間。

そう読んだとき、玄沢は寄り身をとめた。青木の気を乱し、構えをくずしてから斬り込もうとしたのだ。

玄沢は全身に斬撃の気配を漲らせ、イヤアッ！　と、裂帛の気合を発しざま、一歩踏み込んだ。斬り込むと見せた誘いである。

この動きに、青木が反応した。青眼に構えていた刀を振り上げて八相にとると、踏み込みながら、鋭い気合を発して斬り込んだ。

八相から袈裟へ——。

だが、この斬撃を読んでいた玄沢は、わずかに身を引いて、青木の切っ先を躱した。次の瞬間、玄沢の全身に斬撃の気がはしった。

タアッ！

玄沢は鋭い気合を発し、刀身を横に払った。一瞬の太刀捌きである。切っ先が、青木の脇腹を横に斬り裂いた。

青木は前によろめき、左手で脇腹を押さえて低い呻き声を上げた。左手の指の間から、血が流れ落ちている。

青木は足をとめると、右手だけで持った刀を玄沢にむけようとした。

「遅い！」

玄沢は踏み込み、刀を真っ向へ斬り下ろした。

切っ先が、青木の額をとらえた。額に血の線がはしった次の瞬間、血と脳漿が飛び散った。

青木は悲鳴も呻き声も上げず、腰から崩れるように倒れた。地面に俯せに倒れた青木は、四肢を痙攣させていたが、いっときすると動かなくなった。絶命したようである。

彦次は玄沢と青木の近くまで来て、ふたりの闘いの様子を見ていた。そして、青木が斬られたのを目にすると、手にした飛礫を落として玄沢のそばに走り寄った。

彦次は玄沢が危うくなったら、石を投げて玄沢に助太刀しようと思っていたのだ。

「旦那ァ！　怪我は」

彦次が訊いた。

「大事ない」

玄沢は、苦笑いを浮かべた。

「さすが、旦那だ」

彦次が感心したように言った。

そのとき、川澄屋の入口から、島崎を先頭に捕方たちが出てきた。縄をかけた甚蔵とおさきを連れている。

「始末がついたようだな」

玄沢が、顔についた返り血を手の甲で拭いながら言った。

5

その日、彦次は屋根葺きの仕事が早めに終わったので、まだ陽が西の空にあるうちに庄兵衛店に帰ってきた。

彦次は玄沢の家に立ち寄った。まだ、家に帰っても夕めしの仕度はできていないと思ったのと、玄沢に訊いておきたいことがあったからだ。

玄沢はめずらしく研ぎ場にいた。砥石を前にし、刀を研いでいる。

「おお、彦次か。今日は、仕事に出たのか」

玄沢が、刀を研ぐ手をとめて訊いた。

「へい。今日は、仕事が早く終わったんでさァ」

「わしも、ここまでにするか」

そう言って、玄沢は研ぎかけの刀を布で丹念に拭き、刀掛けに立て掛けた。

玄沢は仕事場から出てくると、彦次のそばに腰を下ろし、

「おゆきとおきくが、待っているのではないか」

と、訊いた。

「いまごろ、夕めしの仕度をしてるはずでさァ」

「そうか」

「ところで、旦那、お縄になった甚蔵とおさきのことを聞いてやすか」

彦次が訊いた。

島崎が捕方たちとともに、甚蔵とおさきを捕らえてから十日ほど経っていた。その後、甚蔵は南茅場町(みなみかやばちょう)にある大番屋(おおばんや)に連れていかれ、吟味方(ぎんみかた)の与力の吟味を受けているという話だった。

一方、おさきは番屋で島崎が事情を訊いただけで、放免されたという。おさきは、青木の情婦ではあったが、事件にはまったくかかわっていなかったらしい。

「いや、何も聞いてないが」

玄沢が言った。

「あっしは、屋根葺きの仲間から聞いたんですがね。甚蔵は、牢内で首をくって死んだそうですぜ」

「なに、首をくって死んだと」

玄沢が驚いたような顔をした。

「へい、帯を牢の横棒にかけて、それで首をくったそうでさァ」

大番屋は調べ番屋とも呼ばれ、仮牢もあった。町方が捕縛した者で番屋での調べでは済まないような罪を犯した者は、大番屋の仮牢に入れられ、吟味方の与力によって吟味されるのだ。

「甚蔵は、なぜ首をくったのだ」

玄沢が訊いた。

「獄門は免れないとみて、首をくったようでさァ」

「そうか」

玄沢は、それ以上甚蔵のことは訊かなかった。

ふたりはいっとき口をつぐんでいたが、

「彦次、飛猿をつづけるつもりか」

と、声をひそめて訊いた。

彦次はいっとき戸惑うような顔をして虚空に目をむけていたが、「屋根葺きは、あっしの隠れ蓑でさァ」とつぶやき、

「あっしは、おきくが生まれる前から飛猿として生きてきやした。……屋根葺きは、飛猿を隠すためなんで」

と、玄沢だけに聞こえる声で言った。

「わしも、似たようなものだ。刀研ぎは、わし本来の仕事とは思っていないからな」

玄沢はそう言って、苦笑いを浮かべた。

「旦那、夕めしは」

彦次が声をあらためて訊いた。

「ま、まだだ」

「めしは炊いたんですかい」

「炊いてない。仕事を終えたら、近くの一膳めし屋にでも出かけようかと思っているが……」

玄沢が苦笑いを浮かべた。

「あっしの家で、いっしょに食いやしょう」

「わ、わしの分まで、めしを炊いてあるまい」

玄沢が戸惑うような顔をした。

「旦那の分ぐれえ、余分に炊いてありまさァ」

彦次は、行きやしょう、と玄沢に声をかけて、立ち上がった。

「そうか。……馳走（ちそう）になるかな」

玄沢は照れたような顔をして腰を上げた。

ふたりは腰高障子をあけて、戸口から出た。夕陽が西の家並の向こうに沈みかけていたが、長屋のあちこちに子供たちの姿が見えた。子供たちはまだ家に帰らず、遊んでいるようだ。

彦次は自分の家の前まで来ると、腰高障子をあけて玄沢より先に入った。おゆきは竈の前にいた。竈の火は消えているので、炊き終えたところかもしれない。

おきくは、座敷で着物をたたんでいた。洗濯物を片付けているようだ。

「おまえさん、早かったですね」

おゆきが、彦次を見て笑みを浮かべた。

「おとっつァんが、帰ってきた」

おきくは、嬉しそうな顔をして声を上げた。

彦次はおゆきに身を寄せ、

「夕めしだが、玄沢さんの分もあるかな」

と、小声で訊いた。

「ありますよ。今日は、おまえさんから、早く帰ると聞いていたので、余分に炊いておいたの」

おゆきも、声をひそめた。

「今日の夕めしは、玄沢さんもいっしょだ」

そう言って、彦次は腰高障子を大きくあけた。そして、玄沢を土間に誘(いざな)った。

「すまんな」

玄沢は首をすくめて、おゆきとおきくに目をやった。

女ふたりは、嬉しそうな顔をして玄沢を迎えた。家族が増えたような気がしたのかもしれない。

この作品は書き下ろしです。

飛猿彦次人情噺

恋女房

鳥羽亮

令和元年6月15日　初版発行

発行人――石原正康
編集人――高部真人
発行所――株式会社幻冬舎
〒151-0051東京都渋谷区千駄ヶ谷4-9-7
電話　03(5411)6222(営業)
　　　03(5411)6211(編集)
振替00120-8-767643
印刷・製本―図書印刷株式会社
装丁者――高橋雅之

幻冬舎時代小説文庫

ISBN978-4-344-42876-8　C0193　と-2-41